U0518412

穿过身体
拥抱你

一名肿瘤患者的抗癌手记

吴英劼　著

陕西师范大学出版总社　西安

图书代号　WX24N2411

图书在版编目（CIP）数据

穿过身体拥抱你：一名肿瘤患者的抗癌手记／吴英劼
著. — 西安：陕西师范大学出版总社有限公司, 2025. 1.
ISBN 978−7−5695−4855−6

Ⅰ . I267.5

中国国家版本馆CIP数据核字第2024QU6673号

穿过身体拥抱你：一名肿瘤患者的抗癌手记

CHUANGUO SHENTI YONGBAO NI：YIMING ZHONGLIU HUANZHE DE KANGAI SHOUJI

吴英劼　著

出 版 人	刘东风
出版统筹	徐小亮　刘　定
责任编辑	王雅琨
责任校对	张　佩
插图作者	巴　燕
封面设计	张潇伊
出版发行	陕西师范大学出版总社
	（西安市长安南路199号　邮编710062）
网　　址	http://www.snupg.com
印　　刷	陕西龙山海天艺术印务有限公司
开　　本	880 mm×1230 mm　1/32
印　　张	8
插　　页	1
字　　数	161千
版　　次	2025年1月第1版
印　　次	2025年1月第1次印刷
书　　号	ISBN 978−7−5695−4855−6
定　　价	88.00元

读者购书、书店添货或发现印刷装订问题，请与本公司营销部联系、调换。

电话：（029）85307864　85303629　传真：（029）85303879

给英劫书的序

英劫一向是积极乐观的，别人看她就是健康上进成功的女性代名词。直到有一次她无意中说起脖子上近期长了一个包，我一听顿感不妙。研究癌症多年，直觉告诉我有可能是肿瘤的淋巴转移。颈部穿刺的结果也显示是恶性的，这一诊断犹如晴天霹雳。原本只是流了几次鼻血，怎么就成了鼻咽癌淋转移了。面对突如其来的劫难，万幸英劫挺了过去。其间的心路历程如何艰辛，只有渡劫的人自己知道。度过漫长的放化疗和恢复期后，英劫决定把这段经历和体会写成文字分享给读者。

开篇第一章病房日记，记录了她初入病房的落魄遭遇，我笑这医学院毕业的丫头对医院的了解怎么如此之少。更多的是感叹，感叹如此弱小的个体面对绝境亦能颤颤巍巍地坚持着最后竟直面了下来。心里仍然觉得苦，如此年轻的她怎么就摊上了这事。过去三十年，癌症治疗领域的进展还是卓著的，相当比例的癌症患者都可以通过药物显著延长生存，部分癌种甚至可以被彻底治愈。即便如此，也没有谁能够坦然接受"癌"这个字眼。英劫的遭遇让我想起几年前的一个好哥们，单位体检时被诊断为肝癌，拿到诊断书后仅过了一晚便能平静地跟我们讲述病情，并理智地探讨后面的治疗方案。

在面对看似不可战胜的敌人面前，有些人是怎么做到如此淡然的，让人佩服。

英劫生病以后，我跟她直接沟通的次数并不多，倒是跟孙先生交流频繁。每次孙先生拿着各种医学相关的治疗信息找我求证，我都和他一起分析利弊，我们都不想错过新出现的有效治疗手段。但是西医对癌症的治疗是有严格的临床标准和规范的，不能想当然的去加入一些新的临床试验，也不主张去尝试一些道听途说的秘方。当现在的治疗方案响应还不错时，如何让病人在体力和精神上都能完成治疗方案，严格遵从医嘱，这是我更关心的点。在与孙先生的交流中，我可以清晰地感受到一个病人家属的心态变化。孙先生一开始对良好预期是坚定的，到治疗后期情绪几近崩溃，一度觉得要失去自己的妻子。我宽慰孙先生，无论从鼻咽癌的预后大数据还是英劫本身的治疗响应看，结果都是乐观的。病人家属必须要理智，要坚强，这样才能给病人最大的支持。当然等诸位读完这本书，你会知道作者本身也是极为强大的。本是第一视角的剧本，却总挂着上帝的视角。看她心惊胆战地描述着癌症的恐怖和同样可怕的治疗后遗症时，能感觉到川渝人特有的诙谐和大无畏，中间还不忘一本正经地审视生活的意义，让人悲喜交加，又发人深省。我读着也不自觉地重新思考生死这个终极问题。

人是终有一死的，没有人知道明天和意外哪一个先来临，真的面对意外的时候，你准备好了吗？人是很渺小的，有太多东西我们毫无招架之力，所以我们总是寻求强大存在的庇护，比如神，信仰由此诞生。西方人总喜欢说我们没有信仰，中国人是有自己的信仰的，只是不一定是西方的某些神。信仰之力是一定会让人变得坚强的，这个信仰可以是宗教，也可以是你遵从的某种意志。中国古代以死明志、以身殉国的仁人志士并不罕见，他们遵从的就是自己内心的意志。在生死面前一切都是小事，如果能够参透生死，你就能堪破人生的迷雾，找到内心最珍视的东西，不去虚度人生。如此，当意外来临的时候你才不会有遗憾，也不会恐惧到无所适从。

英劫前半生都在跟各种文案和出版物打交道，但是我却从未读过她的书，直到这一本。我不想她会用略带戏谑和自嘲的口吻去讲述她这场悲惨遭遇。从得知诊断结果，到住院治疗及放化疗后饱受副作用的折磨，其间的感受和内心世界，描述的入木三分，读得我这个医学生都感到恐惧。想到英劫一个如此爱美的丫头要遭受如此种种，我更多的感受是心碎，偏偏此时又有古灵精怪的口吻和文字冒出来，让人连着眼泪笑出声来。原本是悲惨的，惨到极致却让人发笑，又发人深思。身体是1，其他的东西都是0，这个道理人人都自以为是懂的。直到听见医生的告诫，看着病友的离去，再切身体会一把治疗的惨烈，这时候才真正明白失去健康到底意味着什么，要承受什么样的代价。但人就是这样，触动灵魂以后才会真的懂。读着英劫的文字，我感觉自己也经受了一遍她的悲惨世界，已经刻骨铭心一般。作者对生命的反思也是在这悲惨世界中完成的。生命非常有限，应该被珍视，去实现自己的价值，而不应该被浪费在无意义的人和事上。你可能被生活的潮水驱赶着滚滚向前，从未来得及想自己到底在追求什么；又或者你已经对过往不满，却没有勇气去改变。你不知道意外什么时候来临，但总是抱着侥幸；你知道世俗名利最终是虚无，却又总是被裹挟。如果你已经有这样的一些思考，那不妨读一读这本书。

如果这本书能给身处迷茫的你带来指引，给身处困境的你带去力量，又或者引发了你对人生哪怕一丝的思考，我和此书的作者都会为此感到自豪，也为你感到高兴。为此，你不必完整的读完这本书，更不要去纠结书中的太多细节，思考来临了，有所得，可以随时合上书本。

最后，希望这本书还能给孩子们带去一些思考，在未来某一天，当他们遇到自己一生的大敌时，能够从容面对，内心富足，没有遗憾！

陈耀辉

分子生物学博士

肿瘤学研究员

自 序

当我落笔写下这个序的时候，已是 2024 年"十一"假期，距离那场病情，我已经"结疗"两年时间，恢复正常的生活和工作状态一年时间。在这一年里，无数的人问我对这段经历的看法，说实话，回头看当初生病这件事情，心里只有感恩，没有其他。

痛苦和悲伤像一阵突如其来的暴风雨，让你猝不及防，也让你觉得自己无法承受，而当这场风暴离开以后，你好像也并不再记得冰雹打在身上的痛楚，你只会记得，你刚经历了一场暴风雨，是自己从未有过的经历。这段经历，虽然痛苦，但更多是宝贵。因为稀少，所以宝贵。因为无法重来，所以宝贵。

我感恩上天给了我两年的关机时间，如果不是因为这起意外事故，我这部手机从未想过要关机。然而，你不让自己停，生物钟也会让你停。强制关机，是上天对你的保护。

生命不应该只有进，也要有退。

两年的关机时间里，自然会看到一些以前看不到的事物，拓宽对生活的理解。在病房里的林林总总，我都把它们记录在了本书的第一章和第二章，当现实就那么粗暴地摆烂在你面前的时候，这样的粗砺不会再让你感到疼痛，你反而会笑。打破精致滤镜之后，生活就是这样的好笑，为它的荒诞而笑，为它的真实而笑。

恢复社交的这一年时间里，大家问的最多的问题就是，"当时为什么会生病"。在大家热切的眼神里，我知道，大家希望得到一个答案，为自己找到一个前车之鉴。

为什么生病，这是玄学，但也有理可循。我们婴幼儿时期都是活力充沛、积极向上，而成年后身体消耗、精神内耗也是必然的，路越走越窄。精神内耗是为了让你痛到涅槃重生而存在的，是被封印的智慧。所有的痛苦都是引导出智慧的必要药引，如此说来，痛确实是并快乐着的。

实际上人生本就是无趣的，只不过年轻的时候，充满活力的肉体用各种活色生香的刺激让你忽略了这一点，等到了三四十岁，肉体逐渐衰朽，来自生理上的各种刺激衰退，就开始渐渐体会出无味。

如果再加上年纪大了见识过世情变幻、人情冷暖，对于人和人的关系，以及被人各种坑骗陷害有了更直观的感受，就越发对人类世界有无趣、无聊甚至反感的感觉。

如果再叠加，看到老年之后，肉体出现故障的各种惨象，尤其是绝症病人的悲惨，那么更会觉这个世界悲惨阴森。肿瘤病房走一遭，把那些本该在老年看见的肉体破碎、腐朽，一次性在壮年看个够，对心理的冲击是无法用言语来形容的。即使我在书中尽量用语言和画面去描述当时的感受，也只是削皮挫骨的艺术性表达，并不是削皮挫骨本身。

心不死则道不生。纵然重症病房是一个恐怖的监狱景象，却重新激发了我对生命的热爱。中年时对于社会的浮华虚假与人际关系陷阱所生发出的种种离厌已荡然无存，生活本就是有阳光就有阴影，有鲜花也有狗蝇，以前在那些压力那些目标那些陷阱下让自己陷入精神内耗，在内心波动中无尽地折磨自己，不是别人的问题，是自己蠢。你瞬间放下了所有，放下了高薪工作，放下了职业生涯，放下了股东争斗，放下了所有伤害过你的人，那些曾经困扰你的攀比，确实如尸体下的一个"比"字，就是个"屁"。

第三章之后的蛮多内容属于我在极度痛苦时期的喃喃自语，有时也不知道自己在说些什么，有些语无伦次。但出版社老师依然鼓励我将全文不经删减的出版出来，包括在痛苦时写的一些毫无章法的小诗，以及一些与友人的对话书信。我很羞愧，认为这些并不能带给读者什么。但我的主治医生对我说，你自己走过这段黑暗旅程，你知道任何一个康复痊愈的消息对正在病程中的人来说，都是莫大的鼓励。他们不需要康复后重入社会的鲜花与掌声，他们需要的是在路上的病友的真实感受，每战胜一次内心的恐惧，就会离康复更近一步。

所以这本书能面世，要感谢孙国玲老师的慧眼识珠，是她在我的文稿完全未成型、只是痛苦的只言片语的书写之时，鼓励我一直书写，将书写作为疗愈，将这段伤痛抒发出来。我想，这也是现在我能康复得很好的缘由之一。这段书写的经历于我自己，是一段心灵深处的疗愈之旅。

我由衷地感谢我的两个医护团队，四川大学华西医院和四川省肿瘤医院的主治医师、助理医师们。由于四川这片土地上特有的乐观，让每天待在肿瘤病房生不如死的我们，见到的医生全部都笑哈哈的，他们都是带着笑话和段子来见我们，他们还鼓励我专心写作，扬言要把这本书卖进华西病房，帮助其他病人康复。现在这本书真的面世了，希望他们可以兑现他们的承诺。

感谢陕西师范大学出版社所有编辑老师们对这本书的喜爱，作为一本川味风格的作品，没想到会是一群西北人读得前仰后合。编辑老师在审核这个选题的时候，评价说这是一本具有川味的生命纪录片。这样的评价总让我感觉，我的文字上洒满着花椒面。

在这本书里，大家可以欣赏到艺术家巴燕女士的创作。我和巴燕女士素未谋面，在听到朋友说她想创作一本关于生死主题的绘本之时，我向她发出了共创邀请。她立即放下了手里的绘本，来为我的这本书做创作。我想，如果大家觉得文字过于沉重，看看里面的绘图，或许会觉得明亮舒缓很多。

最后，想对大家说，对于本书的文字，大家可以随意翻阅，不用拘泥于文章顺序，因为对我来说，也本就是痛苦期间的写写涂涂。如果你也正处于35岁职场转型期，对于生活和事业有诸多困惑，或许，这段经历对你会有帮助。如果您或者您的家人正处于疾病治疗的阶段，这本书一定能给您带来诸多希望。因为战胜恐惧本就是治疗过程中病人最需要克服的艰难一环。愿天下无病。但如果不幸生病，我们可以坦然勇敢地面对。

致翻开这本书的每一位朋友，我爱你们。

2024 年 10 月 4 日

目　录

病房日记

为什么是我？

我对着 PET-CT（正电子发射计算机断层显像）体检出的影像报告，黑压压一片看不太懂，只认得下面结论写出的一排中文：医学影像显示肿瘤细胞聚集在鼻咽喉部区域，建议前往正规医院诊断治疗。我不太懂这是什么意思。一个星期前的颈部淋巴活检切片显示有恶性肿瘤细胞，PET-CT 结果又显示有一团肿瘤细胞聚集在那里，是什么意思？恶性肿瘤，是我们常说的癌症吗？

此时我的手机屏幕依然在嘀嘀闪烁个不停，飞书、钉钉、微信，各个 App 的信息一秒也不停歇地涌来，我的手不由自主想去抓手机，脑子里却响起另一个声音：消息不重要，先想想你自己这事儿怎么办？

几经权衡，我拿起手机给我先生打了个电话，轻描淡写地把检查结果告诉了他。他显然也和我处于同一个很混乱的频道，不停地反问："什么意思？什么恶性肿瘤？你在说什么？你在哪里？你不要动啊，等着我现在来接你！"他急急挂掉电话，我知道他出发来接我了。我现在应该要干什么？给单位领导请个假，说我要去看癌症？我迅速地给团队安排了当天的工作，告诉他们下午的会议我不能参加了，请其他人参加。我麻利地收拾好办公桌上的随身用品，装进包。哦，还有电脑，接下来几天我可能不能进办公室了，我得随身把电脑带着处理工作。在车上，我打开手机，在搜索框里面敲下："30 岁到 40 岁人群患癌概率有多大？治愈数据如何？"

接到我的电话，我的大学同学立刻安排我去见他的老丈人，一位快要退休的华西医院耳鼻喉科的专家。他带着我穿过熙攘的人群，走过各种我从不知道的小门，一路来到一个格子间外。"进去吧。"他吩咐道。我有些紧张，一个人走进格子间，把各种检查结果交给了这位老专家，他举起片子凝神看了五秒钟，然后说："跟我来吧，去做个鼻腔镜。"

华西医院是全成都全年最拥挤的地方了，从挂号到每个科室，从来都是摩肩接踵，没有一丝可以转身的空间。我被同学的老丈人带着又穿过了几个通道，一路绿灯，当然，这样的插队也招来不少病人的恶意目光。我想，还有个熟人可以照顾，这大概也是二十年前毕业于这所大学的好处了。

作为一个插队的人，护士本着快点解决问题早点叫一个号的态度，让我迅速躺到病床上。"忍着点啊！"护士对我说了一句，完全没有麻药，我感觉有一个硬东西从我的鼻子里进去，然后听到护士说了一句："看到了！"感觉她戳了一下，然后听到她对我说："起来吧，可以走了。"

我起身，但很快发现自己没法走路，因为鼻血像瀑布一样流下来，从我的脸流到腿上，衣服上血渍斑斑。其他护士示意我可以在旁边坐会儿，等血止了再走，可这血就像没了塞的喷泉，一直往外涌，我坐在那里，短短十分钟，大概用了科室的半筒卷纸。看着护士们那心疼的目光，我知道我该走了，我不应该继续再给她们添堵。

我看了下手表，10点半还约了一个合作伙伴，我得出发了。我给鼻子里塞了一大坨纸进去，走吧，鼻子又不影响说话和工作，该去工作了。

耳鼻喉科的报告送到了病理科，给出了肿瘤细胞的分型。华西的报告赫然写着：鼻咽部不明肿物，经检测后鼻咽部后壁非角化型癌伴双侧颈部淋巴结转移；3期及以上，尽快入院治疗。

我是医学生，我喜欢医学词汇的那种精准和冷漠，即使病人撒手人寰，报告上的呈现结果也是：病人已失去生命体征。显得优雅而得体。而文科生就不一样了，他们总是花大量篇幅在描述如何呼天抢地，悲伤的氛围如何惊动天地。"都是些无谓的多余的人类情感。"三十多年来我都是这么认为。医生属于高雅又冷静的工作，像机械修理师一样修理着人类的身体，不带有任何感情，从不被生老病死这些无谓情感所打动。我是如此喜欢这种理性又科学的表述，可为什么，看到这句描述精准又冷静的文字，我的眼泪开始从眼眶滑出，不争气地流过我的脸庞呢？

我想控制，却控制不住。突然很想吃冰淇淋，于是买了一个甜筒，坐在华西医院广场的铁栏杆上，任眼泪和融化的冰淇淋一起无声地滴下。

我要住院了，我的工作该怎么安排。这是2022年的开初，春节回来上班的第一周，摆在我面前的，是年前刚做完的一整个的宏伟的年度计划项目，一年一个小目标，三年上市去敲钟。本应该大展宏图的，在我38岁这一年。我不能实施我的计划了。我的所有想法要搁浅了。

这世上有那么多人，为什么肿瘤偏偏选中的是还未展翅高飞的我？恶性肿瘤，癌症，不应该是四五十岁的中年人才会面临的问题吗？2022年，我38岁，我的人生还未取得任何成就。我刚结束完20岁和30岁两份职场经历，才来到一个新的企业，正准备在一个新的岗位大展宏图，刚刚蹲在起跑线上，怎么还没听到发令声老天爷就让我退赛下场。我脑子里一团糨糊。

是最近在忙碌的项目的原因吗？我从去年开始筹备手里这个项目，为了这个建筑可以更早地开门见客，我把办公室都搬到了工地上去，每天督促着工人们尽快竣工，是否是因为吸入了装修材料的有毒物质？可全公司的人那么多都在项目上，怎么别人都没事，就我一个人生病了？

是佛教里所说的报应吗？也不会呀，在我这三十八年时间里，我与人为善，从未做过任何恶行。不是不想做，是没有能力做。一个普通人，读完书毕业工作，加班升职跳槽加薪，三十八年的时光眨眼而过，日常格子间的工作足以消耗所有的精力，想作恶也没那个机会和实力啊。是不该点现杀的鸡和鱼？还是上次心中暗暗嫉妒了一位比我更美的姑娘？难道是有什么隐藏的业力之书没有打开？我泪眼汪汪地望着先生说："你说，我是造了什么孽啊？"

"不要乱想！病了就治病，该怎么治怎么治！"我先生一声大吼把我从混乱的思绪中拉回。

他说得对，病了就治病，该怎么治怎么治。万幸我先生的存在，他的阳刚之气阻断了我大脑准备扫描过往三十八年生命轨迹的冲动。以我这种记忆奇好，啥陈芝麻烂谷子的事都能记得清楚，我估计要是进入扫描模式，啥恶都能扫描出来，踩死一只蚂蚁估计也算。可那有什么意义呢？心中的天平上，无非只是徒增更多添堵的重物而已。

斩断思绪，当机立断。当务之急，去肿瘤科挂个号，准备住院。

关于敌人——知己知彼

俗话说，上战场要知己知彼，方能百战百胜。你都不了解自己的敌人，怎么打赢这场仗。肿瘤，恶性肿瘤，在我能理解的为数不多的医学知识里，我再傻也知道这是癌症。就是那个大家谈起来就惊慌色变、因为忌讳都不愿在嘴边出现的词语，一个和死神挂钩的词语。

"鼻咽部 2 粒灰白色组织，直径 0.2cm—0.3cm。病理检测结果确诊鼻咽癌，肿瘤分期 T2N3M0。……"医生看也不看我，自顾对着检查报告念着。我说："医生你不用念了，我已经反复念了很多遍了，念了也不懂，要不你给讲讲吧？怎么治？能治不？"

医生微微看了我一眼，说："不能治你还来找我干什么？"医生拿着笔在报告上点了两下，对着对面的学生说："手术就不做了。一是原发位置的颗粒太小，二是部位太接近咽喉，动手术怕伤到她的声带。就做化疗加放疗吧。先用化疗周期全身杀一遍肿瘤，配合使用靶向药。然后用放疗针对咽喉部单独对肿瘤细胞尸体做消杀，二次清除。"医生全程对着他桌对面的学生们说出这段话，没看过我一眼，就好像他们才是病人，病人根本不是我似的。

化疗我知道，听老人家说过，叫"挂水"，就是输液。放疗呢，叫"照光"，好像就是躺在一个机器下面动也不动，也不是个什么吓人的事情。既然都不需要动手术，应该也不存在什么活动障碍或者机能障碍，应该是不影响工作的吧，我心里暗暗想到。因为这几天的挂号和检查，我已经耽误了七八个会，还有那么多邮件躺在邮箱里要回，我已经连续三天没有正儿八经看一下邮箱和邮件了。是不是终于可以在输液的时候用电脑好好处理一下了？于是我问了医生一句："只是输液的话，应该可以一边化疗一边工作吧。"医生不带任何感情地说了一句："工作？工作重要还是病重要？分不清轻重喽。"然后递给我一张名片，说："去口腔医院做个支架。放疗的时候需要。"

我拿着名片来到口腔医院，接待我的医生是名片上那位医生的学生，很年轻，看了看名片，立刻说："鼻咽癌呀，躺下吧。"我张开嘴，任医生量了我的牙齿位置和尺寸，嚼了三遍一种像口香糖一样的奇怪化学物质，为了在那种材质上留下准确的自己牙齿的轮廓。还测了唾液的分泌量，用量杯记录了唾液分泌的重量。一番不太懂的操作搞了两个小时以后，口腔医生终于说了一句："可以了。你可以走了。一个月以后来取模具。"

"喔，好的。"我机械地从躺椅上爬起来，整理下衣服准备离开。年轻的口腔医生一边整理器具一边淡淡地问道："你知道这个病的后遗症吗？"

"啥？我不知道。"

"那边没跟你说？那我跟你说说。"年轻医生语气非常平淡地继续说道，"这个病呢，都是有后遗症的。你这个放射部位是照射咽喉部位，对唾液腺是有杀伤的，现在测你的唾液量是为了观测你之后的唾液量比现在减少多少。很多病人做完治疗以后就不分泌唾液了，会持续处于口干的状态。唾液是杀菌的，所以呢，没有唾液以后，口腔的炎症可能会很严重，龋齿是很正常的事情，记得每三个月要回来复查一下口腔状态啊！"

"什么情况？什么叫不分泌唾液了？那我口干怎么弄？"

"治完以后就随身带个水杯啊，你渴了就喝水呀。"医生很不以为然地说道。"另外，除了唾液减少，射线对牙床也有影响。基本治完五到八年以后牙齿就会掉了，记得回来种牙啊。"

"掉牙！！"我终于原地暴跳声量抬高 8 个分贝，在诊疗室里大叫起来，"为什么还会掉牙啊？""是啊，你牙齿被射线照了受了伤害，牙龈牙床萎缩很正常啊。很多病人治完以后牙都没有了。你回来安假牙就好了啊。牙齿重要还是命重要吗？"医生继续平静地说，留下我一人在原地，在平静的声波中感到一股从脚到头的恐惧，瑟瑟发抖。

长了两个不干不净的东西，不动手术给它切除，用输液杀，用射线杀，杀完以后不影响说话，但牙齿没了。这就是我这个敌人的战前情况说明，一份来自未来的牌面。我手里的牌面是什么呢？我没有准备任何东西，竟然还在想着如果化疗只是输液，我能不能一边输液一边继续工作？这场仗，两个被分配到对峙角色的对手是莫名其妙又猝不及防。

它还没好好生长到扩散，还没任何症状，就被我一个体检发现了，暴露得猝不及防。我还没任何心理准备，从一年伊始刚开完年度动员会，画着上市敲钟的大饼直接被丢进一个混乱的黑洞，一切完全失控，生活之路走得莫名其妙。但不管怎样，这个对手听上去还是比我强大很多，就凭它啥也不干就能让我掉光牙齿掉光头发这本事，这双方实力也根本不在一个量级上。从一脸蒙，到在医院里转得继续一脸蒙，短短几天之内，我被过山车推着在轨道上一个圈接一个圈的旋转着。而这一切的原点，都仅仅只是因为我去做了一个体检。

西医是有这个优点的，如同拿着一个人体使用说明书，医生给你讲得明明白白，就算死也是明明白白的死。所以有很多老年人，坚决拒绝体检，也是有道理的。糊里糊涂地活着，活好每一天，也挺不错。有时想想，到底是糊里糊涂地活着好呢，还是明明白白的死了好呢？这是个哲学问题。

病房初体验——身残志更残

2022 年 3 月　初入病房

"我不是一个病人。我不是一个病人。"这是从我踏入住院部的第一步就在心里不断重复的话。我给自己系了一根头巾，还有几分时髦。我想让自己看上去像一个来探望其他病人的家属，走路也要正常地走，步子要有力气一点。不要像个病人一样那么孱弱，我不停地对自己心理暗示着。

肿瘤医院的病人大多虚弱，动作慢，声音小。这是我在进入之前对于病房的想象。但挤进电梯里的那一刻我就知道我错了。拥挤的电梯和每天上下班去挤的写字楼电梯也没啥分别，大家都在里面你推我搡的，一点也没有因为各自是病人而显得彬彬有礼一些。即使是那些穿在病号服里显得空荡荡的、理应是虚弱的身体，体内也撑着一股烦躁的情绪，像随时要和周围的人抢那一点点空出的空间，全然一副早高峰挤地铁座位的气势。为了不被其他人挤到已经贴到墙角的最后一点空间，我刻意地让自己挺起胸来，吸了一口气，发现那空气实在浑浊不堪，又忙不迭地吐了出去。

"让一让！让一让！我们要下去！没看见是病人吗？"我先生为了从拥挤不堪的电梯里给我劈开一条路，也不惜拉开了嗓子使劲吼着。好不容易挤出了电梯，穿过一个狭窄的医生等候区域，还没走到住院区域走廊的门口，保安就拦住了我。保安讲话声如洪钟："不能进去！所有人一律不进！"我昂首挺胸的气势一下子败下阵来，轻轻说了一句："我是病人。"保安看了我一眼，朝桌上指了下小指头，用食指非常用力地敲了两下桌面，继续声如洪钟地说："疫情期间，所有的人，把你们的东西都放在那里排队并且填表！"每个人都在那里填了很多的表，机械地重复着一个又一个的户口盘查问题，我也不知填了多久，终于精疲力尽填完所有的表之后，保安拿出门卡，嘀一声，一面厚重的墙在我面前缓缓推开。就这样，我人生第一次踏进了一个真正意义上的肿瘤病房——华西头颈肿瘤科第二区病房。

愁容满面，凄凄惨惨，心事重重。这是我原来以为会看见的景象，大地蒙受着一片苍白，人们大家都垂含着眼泪，空气中弥漫着悲伤的氛围。可是当我走进去，我才发现里面人声鼎沸，充满着各种各样的高分贝声音，仿佛一瞬间被人丢到了一个早间的菜市场。大家在护士站门口不停地拥挤推嚷，这人说我踩了你的脚，你踩了我的脚，那个人说你占着了我的东西。护士们站在护士站用尽全身力气地喊着："说了不要吵！所有的人都站好，慢慢来！"一时间自己又恍惚了，这哪里是一个理应由虚弱的病人们构成的空间，俨然像早市一群人在闹哄哄地抢粮食。

等候区有一排按摩椅，上面写着厂家的宣传语"舒适无所不在"。我觉得实在太过于讽刺。也不知道厂家是否知道这批按摩椅生产出来是要投放在医院里的，应该写上"痛苦无所不在"才对吧。我想离这堆笑话远一些，默默地把自己的行李放到很远的一个地方，找了一个角落靠着墙坐下来，看那些病人在那里推来嚷去。

护士站的妹妹们其实都很年轻，看上去都是20多岁刚毕业不久的护士小姑娘，本应该青春年华绽放的年纪，但她们的面容上却没有什么和善。大家脸上只有烦躁，已经被工作烦得要吐了，不停制止吵闹的病人却没什么用，嗓子都哑了。一直到前面所有的病人都办完手续，各自归床以后，护士看到坐在角落里的我，给我招了下手，我慢慢起身。

这时我的想法和我在走廊里的想法已经完全不一样了，我觉得我应该走得慢一点，再慢一点，再虚弱一点。这样看上去就像个病人，而不是像走在走廊上的时候要把自己装成一个正常人。我想我要走得再慢一点，让别人看到我的时候都要为我把那个路让出来，而不是都来推我挤我，去跟我抢那一个要去排队扎针的位置。

本来扎针就已经很痛苦了，来医院报到也不是件愉快的事情，可能是我们太多年的习惯，习惯了抢位，习惯了争吵，不仅是抢夺一个看病的位置，或许走向火葬场的那一天，排号也要抢位吧。

我走进一个有 9 张病床的大房间，很快我就发现，我的病床是这间大房间里额外加的一张床，一个靠着窗边临时加出来的小型单人床。我把行李放在了床上，看了看这张床，虽然小，好在靠着窗边，在这拥挤不堪的大通铺里有了喘一口气的机会。

这是一个 20 世纪 80 年代风格的大通铺。我环顾了一下四周，本以为在病房里每个人都是在埋头看手机，结果发现并不是，每个人都在热烈地和旁边的人讨论今天中午吃什么，大家都在说食堂的饭实在是太难吃了，这么难吃的饭还不让出去买外卖，这日子要怎么过，没法活了。其他的人也开始和其他的家属在讨论自己家属的病情，病人一般坐那儿不说话，斜躺着拿余光瞄着外面。家属们热烈地摆着龙门阵，和我想象中的死寂与茫茫全然不同，我觉得这里面充满着生的热烈气息，只是乱得一塌糊涂。

我很疑惑，如果所有的病人都在这种环境，一刻都得不到休息，他们的病怎么会好呢？但是我偷偷看了一下所有病人的神情，好像也并没有谁感到这样的嘈杂对他们的病情是一种打扰，大家都津津有味地在听着其他人的抱怨，没人觉得这样的环境不适用于静养。我想自己或许也不应该有这种静养的设想，只能把腿盘上床坐下。

被折磨了一上午，我虚张声势的气势已经完全蔫了。我萎靡地靠在床上，可能是因为我表现得太不愿意讲话了，旁边好几个阿姨很努力地来问我是什么病，但发现我一来就把头扭向窗外，全然不顾其他。她们都欲言又止地跑到我这里来看了一下，端详一番再离开。这也让我心里泛起一丝不安，我在想是不是每一个病人进来都要先主动交代一下自己的病情，和大家做一个背景通报，才能融入这个群体。但我已经来不及想这些了，我仿佛被丢进了一个巨大的嘈杂混乱的火车站，眼睛和耳朵都被炸得嗡嗡的，一团乱麻。

当一个人从他熟悉的工作生活环境被骤然丢到一个全然称不上体面的陌生环境之时，除了蒙还是蒙。医院是一个很特殊的环境。体面？这里没有的。尊严？这里没有的。有的只是一个残破的身体，等待着别人来修理。至于灵魂，更是无处安放。身残只会志更残。

无法安放的肉身

既来之，则安之？何其难也。第一个让我张口说话的是我的主治医师。我已经二十年没见过这种风格久远的房间，在这样的房间里待着，听着耳旁我虽然不想入耳但又无法拒绝的故事会的声音，盼着主治医师到来和我沟通治疗方案成了我在窒息环境里唯一的氧气和期盼，就如同我现在在窗前呆呆地望着的那一抹白云。

实际上，在我住院之前，我对我的主治医师，这个对我生命走向的盖棺定论起到至关重要的男人，只有过不到两分钟的一面之缘。

那是半个月前在华西的门诊部楼里，在见到著名的王主任之前。因为中间人不断地强调对方的主任地位，我总想象出一副德高望重老专家的样子。我们一群人在诊室门口焦急地等待，盼着那扇门打开，听到叫到自己的名字。

门稍微打开了一条缝，中间人不顾现在的号牌，直接把手放在门把上，把门推开一条间隙，示意让我进去。我立刻冲了进去，看到一个穿着白大褂的中年秃顶男人坐在一群人的中间，手指忙碌地在桌上拨拉着堆成小山的各类片子。

年轻医生眼疾手快地把我的片子从小山中找出来递上去，医生扶了扶圆形的眼镜，从眼镜片后面用斜光看了我一眼，问："是这位吗？"王主任一看就不是会运动健身保持身材的人，即使是宽大的白大褂也遮不住他坐在桌旁的肥大的肚子，脸上的肉在侧脸轮廓不明显的下骸骨的地方垂吊着，他每说一句话，侧边的肉都会跟着抖动一下，于是我看到他的侧脸连续抖动了三次："是你哇？你是本人哇？就是你撒。"我大声回答了一句："是！"他把眼镜片扶起来用余光又看了一眼，然后把片子取起来放在阳光下看了不到五秒，用洪亮的声音说道："确诊！去吧，去安排住院吧！"

我们都想和主任再多聊几句关于片子的情况，王主任把片子放下，手臂一挥，继续用洪亮的声音说道："去吧去吧出去吧，去安排住院吧。病房里再说。"于是几位年轻医生立刻开门叫了下一位病人进来，我们悻悻地被驾着出了门去。

于是，这句"病房里再说"就变成了我的一个念想。都说每个肿瘤病人的治疗方案都千差万别，用药也千差万别，这完全取决于主治医师本人的专业想法，由他来制订方案。于是我想着进到病房以后，终于可以好好和王主任沟通一下自己的治疗方案到底是什么，如果有得选，还可以做一个各方案之间的学术探讨。事实证明，病人入院换好病号服，等着衣着整齐还略带着几分帅气的大夫来和你讨论病情，完全是美剧日剧里的场景。在现实中，在每周医生实际巡房的时间里，这个病人见医生的时间都不超过十秒钟。

在住院部里的每一天，我们所有患者都巴巴地盼着主治医生巡房，希望可以抽空问上几句自己的病情，然后从对方的语气语调中判断一下自己的治疗是否顺利。主治医生就是那种典型的形象——惜字如金，目空一切，要求病人 8 点到，自己却 9 点才姗姗来迟。

这种弱势的地位感让我不适应了好几天。对一个刚刚习惯了享受生活品质的中年人来说，这种转变来得有点太过突然。像我这样的城市中产，经历了二十年的奋斗，钱包稍稍有点鼓，正在迫不及待地列队被消费主义收割。在自己预算范围内最大限度地享受奢侈品带来的快乐，不就是让自己在那种迷幻的冒着粉红泡泡的生活品质中沉醉吗？医院是消解这种粉红泡泡最快的地方，即使一天花掉一二十万甚至上百万，也别指望在这里得到暖心的笑容和那些虚假的溢美之词。我不仅产生了一丝困惑：是因为我住的是普通病房吗？是因为我没有住进旁边的金卡医院吗？是因为我花的钱不够多吗？所以医生对我才这么惜字如金吗？我下次化疗疗程的时候要不要去住那边金卡医院？

我决定要找个人打探一下。在一次病人集中办理住院的周五上午，我突然发现护士长抱着医院的移动护理 PDA 坐在医院的走廊上，一脸焦灼地啪啪啪敲着键盘。这可不是个寻常的场景。平日里，护士和护士长都坐在她们的护士站里，病人和她们之间隔着高高的案台，常常看下去只能看到她们的后脑勺，不管你问什么，她们都是准确回答，但从不回头看你，更别说站起来和你面对面交流了。

"谁，哪一床的，干吗的?"她们背着后脑勺就回答完了，也不怪她们不回头，她们确实也不需要回头，因为不管病人溜达出来问什么问题，她们的答案统一都是："回病床上去等着！不要乱动!""咋个还在说话呢！喊你回去，不要乱动!"

　　我可不能错过这样千载难逢近距离接触的机会，于是我一个箭步冲上去，坐在了焦灼不堪的护士长旁边，看着她在那里用尽力气啪啪啪地敲键盘，仿佛要把自己心中的烦躁通过手指的力道发泄出去。护士长一边敲一边嘴里咕哝着说："怎么这么多人啊？这次怎么这么多人啊？这个烂系统，这么慢，太浪费时间了!"我听着她的抱怨，终于问出了那句我心里思虑良久的问题："那金卡医院那边会不会好些?"护士长继续敲着键盘回答说："那边啊？那边病人是要少些，不过医生都不愿去。""啊？为啥?"我立刻追问。这个可是超出我的认知以外了，既然那边病房环境好，收费更贵，病人更少，那就是同样的工资工作量少，肯定医生护士都更愿意抢着过去轮班才是啊。我的一颗八卦之心蹭蹭升起，整个身体都透露着迫不及待要听这个八卦的信号。护士长也来劲了，眉飞色舞地对我说："咳！那边那些人啊，都是有钱人。不是些当官的，就是挣了几个钱觉得自己了不起的。自己既然住进去了，花了那么多钱，觉着那自然医生护士都是去服务他的，一个个把医生呼来喝去的，那医生谁受得了啊。这些大专家，多清高的人啊，一个个德高望重的，谁能受这种气啊，为这几个小钱低三下四的。好的专家都不去那边的，那边就是些年轻医生，流水化作业。就他们服务态度好。找大专家的，都还是要到这边来。"

我心里咯噔了一下，还好对方一直在死命敲键盘，一眼都没有回头看过我。如果她回头，看出我心里还曾动了要去那边的心思，怕是要死命嘲笑我一番。话我都能想到是啥："你们这些瓜娃子。花更多的钱，还都是些冤枉钱。真是个傻蛋。"我立刻长舒了一口气，为自己没有付出额外的冤枉钱和得到了专家的治疗而感到谢天谢地，至于服务，不需要了。笑容，更是不需要了。骂骂我也挺好，只要病能治好，啥都不重要。从那一刻起，我端正了心态，要做一个合格的病人，一个乖巧的病人，一个服从的病人，一个不能有任何其他想法完全无条件服从的病人。我深深吸了一口气，把所有的心理活动都埋藏了下去，在护士长依然大得要命的键盘声中站起来，缓缓朝着病房走去。我要回到我的病床上，端正我自己的态度，承受所有即将到来的痛苦，这叫作什么？一个病人的自我修养。

惊心动魄的病房

回到床上躺下以后，再看那拥挤简陋残破不堪的病房，也觉得欣然了起来，毕竟对于不能改变的东西，又有什么值得抱怨的呢！通过这一两天大家聊天的内容，我也基本明白了目前这个病房里的"局势"。我正对面的李先生在华西做了全套检查，自始至终没发现原发肿瘤在哪里，后来医生实在没找到，就对他说："你这有肿瘤指标但又没发现原发肿瘤的地方，没办法，就当他长在鼻咽部，只是我们没看见。就当鼻咽癌医吧。"

在肿瘤病房里，着实会有5%—10%的病人找不到原发灶。这事有人认为是好事，有人则更加焦虑。李先生显然是认为是好事的那一拨。俗话说眼不见心不烦，他总是乐呵呵的，一边刷着抖音一边吊着化疗药一边吐着，吐完摸摸光头依然笑嘻嘻地刷着手机，留下他老婆在那里忧心忡忡地望着他。

　　我侧对面的周先生病历牌上写的是脑癌，我猜这是这个病房里最严重的病了。这两个字听上去好像就是没什么医治希望的绝症。周先生本人长得高大，神情凝重，进来两天了没见他笑过，也没说过什么大声的话。他夫人总是战战兢兢地坐在床尾，一看到周先生的手指指向某个地方就立刻起身把他想要的东西拿给他。我想他俩一定是很多年的夫妻，才会如此默契。周先生话少，可是工作电话却一个不少。不过一会儿就能听见周先生接起手机说一些关于工作的事情，正在遭受化疗摧残的他讲话肯定是中气不足的，常常见他紧锁着眉头，一副很不愿意说话但又被迫要说上几句的样子。我心里还想，这些人都是哪里的下属，这么不懂事。明知道领导都生这么严重的病住院了，还打电话来打扰，应该要让病人静心养病才是。以我自己为例，住院后基本就一个工作电话也收不到。团队都知道我住院了，没一个人给我打电话，不论什么工作的事情都支线汇报给其他人了，我丝毫不关心公司里工作的进展，也不看微信上的任何信息。

　　从周先生夫妇聊天的话语中，我得知周先生是四川一个二三线城市民办学校的校长。如果说疾病的乌云笼罩着周先生和他夫人那个特定病床的话，他夫人明显是承受不住压力急切地想向外释放的那一位。脑癌患者需要在头上戴上一个金属装置，就像是按摩器那样，有一些脉冲触点，每一天都需要他夫人给周先生的光头上一个穴位一个穴位对应着贴上去，然后再打开脉冲按摩频率。每次他夫人给他头上安装这个奇怪的机器的时候，动作轻柔地就像给自己的女儿在整理发丝对镜梳妆，而嘴上却一直念念有词，焦虑地一直重复着："他压力太大了，压力太大了。要操心招生，要操心老师，现在老师不好管，学生也不好管。现在好了，你看，生个这么大病。"然后便转过身去嘤嘤地哭了起来。

除了他俩，剩下几个病床都是女士，有四五十岁的大姐，也有20多岁的小姑娘，这里面有乳腺癌的，有鼻咽癌的，还有一个鼻癌，有的已经进入到化疗第三四次，一副司空见惯何惧之有的样子，一个人在病房里待着根本不需要家属照顾，扛着个吊瓶一个人就去洗手间了，蹲完出来继续回到病床上把电脑打开，跟没事人一样写PPT，时不时还和工作同事微信语音几句，完全无缝对接外面职场的工作节奏；有的已经进入到化疗的最后一次疗程，知道这次结束以后就可以出院，每天都跷着脚在床上晃来晃去，乐呵呵地给各个新来的家属和病人分享老病员的经验，解脱之情溢于言表。

我看这病房里高兴的也有，伤心的也有，一时竟不知道自己应该定位在哪一种，才能很好地融入这个集体。我担心自己表现得太过轻松会伤害到重症脑癌患者家属的情感，觉得是对他们悲惨境遇的不尊重。我的先生作为新人家属，热情地向每一个人询问病房里的"干货"：食堂饭菜好不好？能不能偷偷溜出去点外卖？家属床在哪里领？家属床睡起来硬不硬？这药输下去一天会吐多少次？吐完以后是不是可以立刻接着吃？输液的接管是 PICC 好还是输液港好？各种药物方案的优劣势是啥？

他像一个正在努力学习一个全新领域知识的 AI 机器人，将每个人的回答都收录进他的数据库里，作为我们从主治医生口中仅能听到的寥寥无几的治疗建议的信息库补充。我散漫地听着，基本都左耳进右耳出了，因为我的大脑不在工作状态，这些信息输入进去在我的大脑硬盘里也留不下任何痕迹。更重要的是，每个人给到的建议和方案不同，我先生总能给予迅速又及时的反馈："喔""啊""嗯""好""这样啊"，让讲话的每个人都非常满意。我想了一下自己确实做不到，保持安静和乖巧，大概是我能想到的所有关于一个新病员的基本素养。

望着我头顶那四五大袋各式各样的药剂，吸引我更大关注点的一个问题开始浮现在我脑中，就这个液体量这么持续输入我身体，就我这膀胱，最多一个小时就得胀到爆炸，得去洗手间疏解。就作为一个拥有 9 张病床，病人 + 家属一共 18 个人的房间，每个病人都是这个频次，怎么能保证在自己想上洗手间的时候洗手间刚好没人呢？会不会排队排到让人痛不欲生？我要怎样才能控制我的膀胱匹配着正确的时间错峰如厕呢？

洗手间里没有洗澡的淋浴头，无法用蓬头冲洗地面，这就让洗手间的地面无法保持干净，总是充满着一种洗手间特有的酸臭味。一排脸盆挨个从上到下摆在水龙头旁边的架子上，毛巾依次搭在头顶的一根铁丝上，十几张颜色和大小各异的毛巾飘在空中，五颜六色的像万国旗一样。

众所周知化疗药的副作用是呕吐，这种反胃的呕吐是不受神经控制的，药物进入到胃里，就像一群或挥舞着套马杆或拿着镰刀哇哇大叫的中世纪野蛮人，没有指挥官，骑着马一阵乱冲到胃里把柔弱的草地践踏无几，看到好看的草皮还要再割上几大捆卷走。柔弱的胃黏膜就这样被大镰刀刮得不堪入目，草坪上留下一块块秃斑，每一次化疗药输进体内就是一次对黏膜和细胞的大绞杀。人本能地开始呕吐，用这种难听的声音来表达自己受到的这无法还击的可怖攻击，每一次呕吐之后躺在病床上发出的气若游丝的呻吟声就是剩下那些残存的胃部黏膜在风中瑟瑟发抖的哀号之声。

除了呕吐以外，大家还不太知道的化疗药物的另一个副作用，是便秘。医生并未给我解释药物的作用机制是什么，只是在挂上药瓶之前淡淡地告诉我了一句："药物容易引发便秘。如果超过三天无法大便就告诉我，我给你开药。"这句话让我产生了深深的忧虑。想着这18个人每天早晚高峰期如厕的时间安排已经让我焦虑不已，严重便秘这件事情听上去很快就会降临到我身上，脑海中自动浮现出自己蹲在厕所里生无可恋，外面又是其他室友焦急地催我开门的画面，让我本就焦虑的内心再度压上一头沉重的石牛。

这就是为什么我会蹲在这里看着这万国旗挂在空中发呆，如厕实在是变成了又珍贵又痛苦的一种体验。珍贵是因为能在18个人里抢到一个缝隙是极不容易的，我基本全天都在全神贯注地看着那个洗手间的门，记着每个人的生活习惯和其所需时间，借此来判断自己在哪个时段使用厕所是时间最富裕的。痛苦是因为医生的话真的应验了，我总是痛苦地蹲下，又痛苦地起来，除了闻到一阵酸臭味和看到一排万国旗。总是没有任何成果的无功而返，让人难过。

拥挤的房间里没有空调，人头攒动就总是显得温度过高。一个病友光着肚皮在房间里走来走去，自言自语道："上面吃不下去，下面又拉不出来。太难受了！难受死了。这肚皮是个啥？是个貔貅！"一语让病房里所有人都笑了出来，这个比喻倒是很恰当。每个人都顶着胀鼓的肚子，感觉自己像一只貔貅。

每日化疗需要输液的药物实在太多，虽然药名我一样都不认识，但我能看出来袋子上画了个骷髅头的是毒药，其他普通的玩意是用来稀释毒药的营养液或者补充身体的各种电解质。平均一袋化疗毒药配三袋电解质，这就是为什么我每天要输8—9袋各种液体的原因。一般的一袋液体平均要输1—2个小时，如果是大袋的得输两个半小时，这就让我每天的所有时间都在输液中度过，早上8点护士上班就开始挂水输，常常要输到凌晨两三点才能结束。最慢的一次输到了凌晨4点才叫护士过来取针。这一夜肯定睡不着好觉，因为每过一个小时膀胱就会呼唤着你起身去洗手间，不仅把自己折腾起来，还要一并把家属从行军床上折腾起来，两个人蹑手蹑脚穿过各位家属的睡姿，举着浩浩荡荡的输液袋矩阵去洗手间释放一次，又蹑手蹑脚地回来，痴痴呆呆地望着那看不见底的毒药们。

这是一个凌晨3点，一个好不容易输完了所有液体的晚上。能在3点前结束是幸运的，意味着可以从这个点到第二天早上睡个难得的好觉，没有了液体在手臂上挂着的我可以一个人去洗手间，不需要麻烦家属帮我举着吊瓶。我蹑手蹑脚穿过他的行军床，带着千万不要吵醒他的愧疚，在凌晨3点的洗手间里呼出一声长气，享受这难得的安静时光。

突然外面响起一声尖叫，一声巨大的女声"啊，"——划破这难得的安静，我被吓得一哆嗦，赶紧拧开门往外冲，想要看个究竟。只见周先生的老婆站在惨白的病房灯光中尖叫着："来人啊！救命啊！来人啊！救命啊！"深夜里凄厉的尖叫声响彻整个病房的上空，病房的夜灯黄惨惨地映在她蓬乱毛躁的头发上，像极了一个索命的女鬼。"救命"这个关键词触发了所有人的听觉，护士站的护士不顾一切地从门外走廊冲进来，把房间里的大灯打开。只见周先生四仰八叉地躺在病床上，四肢僵硬，面无表情，一副中邪的样子。周先生脸上出现了两行血，从眼角流出，不仅吓得他老婆一直控制不住地尖叫，我都差点叫出声来。这幅人间惨剧突然闯进眼帘，我吓得不由得往墙角躲，周先生的老婆离他最近，已经哭得完全失去控制，一边大哭一边控制不住地尖声叫道："快来人啊！他流血了！快救救他！"更多的护士开始从门外冲进来，她们在呼叫器里大声地呼唤着值班医生，门外的护士推了一个急救床进来，准备把周先生从病床上搬到急救床上，护士们大声地喊着"快来帮忙！来几个人帮忙！"我先生一个箭步冲上去，帮几个小姑娘把周先生不能动弹的身体从病床上挪到急救床上，这时值班医生也赶到了，打着电筒看了下周先生的瞳孔，立刻发出指令："转 ICU！"然后一群护士便风风火火推着周先生的急救床出去了，走廊里发出一阵慌乱的噪音，接着听到楼层病房门打开的声音，然后一切声音都远了，随着巨大的铁门缓缓地关回来，外界瞬间安静。一切就如同一阵狂风暴雨扫过，整个过程不超过五分钟。

我依然躲在洗手间墙外的角落里弓着腰站着，一切发生得太突然，以至于我先生都没有发现我不在病床上，而是站在那个角落里。他看到我吓坏了，冲上来把我从那个角落扶回病床上，把我安顿着躺下。我完全没有从这段毫无征兆的画面中反应过来，我甚至不太明白刚才到底发生了什么，只听到寂静的病房被打破以后，耳旁开始出现各种窃窃私语："这命是不是保不住了？""怎么会突然半夜流血呢？""应该是颅内出血了，从眼睛流出来了！""你说这人还有救吗？"这些来自人间的声音把我的思绪从刚才宛如鬼片的画面中慢慢拉了回来，我突然感觉到一股热血涌上我的大脑，大脑完全停滞，眼前一片空白，我的双手双脚开始麻木，我开始感觉不到血液的流动，瞳孔开始放大，似乎想要竭尽全力把刚才那骇人的景象从我的大脑中移开。我的视线开始模糊，我感觉自己好像被一颗炸弹炸到了天上，在空中飘浮，一片空白，毫无知觉，又感觉是在冰冷的海水中漂浮，因为四肢麻木，只能感觉到一股来自冷库的寒气在从皮肤外层渗入。降温来得太冰太快，我连发抖的力气都没有，我只是感觉冰冷，飘忽，无依无靠，好像上帝在哪个隧道口叫我，等着我的身子往那个死亡的洞口飘去。

　　我先生很快察觉到我的异样，他冲过来抱住了我，这股来自人间的温度一瞬间传导到我的体内，我飘浮的身体仿佛被拉回了地面，血重新涌回我的动脉、静脉，每一个毛细血管，我觉得自己有知觉了，我活了过来。我一下子大叫起来，尖利的叫声又一次划破了整个病房的上空。

　　我的先生一直抱着我，我崩溃了。在我走进肿瘤病房之前，即使我已经拿到了癌症通知书，看到病例单上这两个可怖又讨厌的字，但我一直坚定地认为死亡和我毫无关系，我来这里只是体验一种我从未体验过的痛苦而已。现代医学的强大让我坚信所有的疾病都可以被治愈，我可以无条件地信任这个医院，无条件地信任这里的医生，我把自己的身体交给他们，只要自己照遵医嘱、按部就班治疗，必定只是人生体验的特殊一课，和死亡这个词是全无关系的。而在这个深夜，我一生中经历过的一个普通的深夜，我明白了自己是错的，自己的无知是多么荒唐可笑，死神刚刚就拿着镰刀走过我的身边，收走了一个连续四五天都在我面前打着电话的活生生的人。可我，却认为死神从未存在过。我在我先生的怀抱里一直发抖着，我生平第一次感受到真正的恐惧，我控制不住自己的身体，一直瑟瑟发抖着。我不知道看见刚才那一幕的他是否害怕，我只记得在那个夜里，我一直发抖着，为自己看到死神而感到惊恐。那种强大的力量，是我作为一个凡人从不曾感受过的。在恐惧和药物的双重支配下，我逐渐陷入晕眩。

第一次回家

周先生的突发状况对我造成了很大的心理阴影，我在后面几天化疗的时间里，一直是躺着输液—起身上厕所—呕吐这样的周期循环，以每小时为单位，机械地重复着。这场惊恐让我无力再以一个病房里的新鲜人视角去观察其他的患者，我感到自己身体里的力气随着液体的输入一点一滴被抽干，自己能周期循环那个最基本的生理功能的三件套就已经用尽全力，每天我都闭着眼睛，沉浸在一个不想看见光明的世界里。

我和先生被拉进了一个病友群，但我从来不看，我先生会看。时常会听到他的一阵惊呼声："看，这个人分期比你还重呢！"我想，在一堆不幸的人中找到些许更不幸的人，大概是病友群存在的唯一慰藉了吧。

周先生和他的夫人一直没有回到我们病房，第二天的晚上，周先生那个病床便被安排了另外一个新的病人进来。这可是华西啊，中国中西部最好的医院。每天在医院外面排队等待可以入院化疗通知的患者不计其数，如果有一个空位出来，护士站会第一时间通知那长长的等待清单上的病人家属，可以来办理入院手续接受治疗了。大家对新来的病友仿佛有一种集体的默契，即使是话最多的病人家属，也没人告诉他昨晚那张病床上发生的事情，也没人问周先生是否还会回来。所有人都好像这件事情从未发生过一样，仿佛提起和问起都是晦气，大家都对新到的患者家属客气地点头示好，到此为止。

我也不敢问，也不知道问谁。不知道周先生在 ICU 里是否被抢救回来，不知道他有没有渡过那个难关，不知道他现在是否还活着。反正在我完成长达十天的第一次化疗疗程，可以办理出院之际，我一直没有在那层楼的病房里再看见过他会和给他温柔梳头的夫人。我和先生一位共同的好友来接我出院，出院的当天，我感觉自己体力还不错。他要问我要不要扶，我说没事，我自己能走，脊椎还算能打直。我走在医院外停车场的路上，感觉自己还挺正常，至少不像一个重症患者。当时的我丝毫不知道，那是我接下来的漫长治疗时光里，状态最好的一次。往后的日子里，随着治疗的深入，药物毒性会不断累加，健康状况会与日俱下。现在还能和朋友逞强说话的我，很快便会在残酷的现实前败下阵来。

我坐在友人的车上，看着外面城市的风景，感觉生疏遥远。我仅仅进去那个病房十天而已，看着外面的马路和高楼，那些我在大学读书时就已经熟悉、看了二十年的巷道和店面招牌，就像前世的记忆一样遥远。这些风景就像水手出海时，回头看他扬帆离去的地面逐渐朦胧。我也感受到我的过往逐渐褪去。我过往的人生在我身上还有余火燃烧，但是已经逐渐化为回忆的灰烬。这座城市，在这十天里并未改变，而在我眼中，却已是一座自己失去的罗马。我曾经如此深入地属于她，是蓬勃发展的她的一分子，而现在，她却已经离我而去了。

推开家门的一瞬间，我看到妈妈和阿姨站在客厅里，她们看见我，大气都不敢出。从她们的眼神里，我看出她们有很多问题想问，可我实在太厌倦了，厌倦所有能闻到人味和气息的东西，我径直走进自己的房间里，锁上门，默默地躺在了床上。

有人形容化疗那种恶心像潮水一般涌来，也像潮水一样退去。但等待退潮的时间要远长于潮来的时间。恶心感上来的时候，一秒就可以涌遍全身，但即使停止输液七天后，这种感受却依然像留在血液里的炸弹，一个一个接连着开始爆炸，呕吐依然一浪接着一浪。家里的日子是病房里的复制粘贴版，在医院里能吐多少天，在家里就能继续再吐多少天，仿佛医院的时光就是一段数据时长，必须要把那段时长再走过一遍，这段文件才能被读完。于是，我就这样在家又痴痴呆呆地躺了七天，似乎不省人事，也不理人间事。

我本是一个爱花的人，32岁的时候创立过一个鲜花品牌，贩卖我认为的美丽与美好。在我开花店的几年里，总有人问我："鲜花会凋谢，花个几大百元买回家几天就凋谢了，多不划算。"我总会笑着对顾客说："鲜花的珍贵恰恰就是因为它会凋谢，这种短暂的美好封锁了生命的娇嫩，会让我们更加珍惜那份鲜活与美好。如果做成永生花，一直活在那里，和木乃伊又有什么分别？"现在知道了，这叫作站着说话不腰疼。

对木乃伊来说，所有活着的东西都令人生厌。房间里的花，自然是那种最散发着生气的物体，最让人厌恶。鲜花的花瓣插在花瓶里，花瓣上没有水，但每根毛细管都透露着蓬勃的生气，从内里散出来水汽，就像我女儿1岁时候的脸，毛细血管都在薄薄的皮肤下看得清楚，生生地仰起来微笑着满心期待等待着我的抚摸。就是这种充带期待的感觉让我的厌恶感再次加倍，我感觉自己已经没有什么能量可以去微笑着抚摸它，自己干皱得像一个要化成木乃伊的干老太太，皱干的手不配去抚摸那么鲜活的脸庞。我看它好像在冲着我笑，笑久了好像又多了几分讥讽和炫耀，炫耀自己拥有着多么饱满的生命能量。我越看越生气，干脆把它从花瓶里取出来，狠狠地丢进垃圾桶里，让它也尝一尝干萎的味道。

花儿不在花瓶里，耷耷拉拉躺在垃圾桶里，自然没了刚才的那几分昂扬的炫耀气息，我又蹲下来看了一下，左看右看，还是觉得

《我与永生花》

　　一枝花在冲着我笑，好像在炫耀她的绽放，而我好像要枯萎了。我能像那些永生花一样吗？我要像那些永生花一样吗？我不知道……

现在它这垂头丧气的样子合适，像极了现在的我自己。我很满意，环顾了一下四周，终于把家里的东西都调整到一个功率、一个频道上了。要做木乃伊就都做木乃伊吧。

调物容易，调人难。家里的阿姨和老人看到我那毫无生气的臭脸，自动把功率降到一样的低，虽然有两个人在家里走动，却完全感受不到她们的存在感，俨然就是一个每日三餐定时做饭、送饭的人形机器人。但我先生就不一样了，存在感极强。我总是能感到他急火火地推门进来，看到床前放着的饭菜丝毫未动一口，便阴沉着脸心怀巨石一般沉闷着急火火跺着步子又出去了。

我先生做企业高管的时间比我长，加上他年纪本就比我大 7 岁，在管理层也待了十五年有余。平时看他打电话的样子，我都惊叹他的词汇量，他在训人方面的词汇量感觉比我所有的中文词汇还多。于是，我知道他闷着性子急蹭蹭跺出门去，是在憋气。换作别人，他可能早骂出声了。那又怎样呢？面对一个病人，他还不是只有忍着？难道他还敢冲我发脾气？

我忍不住笑出了声。结婚十年来我俩吵了不少架，现在他被迫凡事只能迁就着我，我朝他甩什么脸色他只能受着，也不敢吭声。倒是也有一种短暂的特权感。

没过一会儿，门又被推开，我 3 岁的女儿蹭蹭蹬跛着小步进来，来到床前，看了看饭菜，用稚气的语气说道："妈妈为什么不吃饭呢？我都已经吃完了喔。"不用说，肯定是她爸爸指使进来的。她模仿着外婆对她说话的语气道："快吃饭！你不吃我就要喂你吃了喔。"没辙，对现在还完全不能理解道理的她来讲，我说我恶心吃不下也没有任何的作用，我只能端起碗筷做咀嚼状。

对还不谙世事的她来讲，妈妈每天躺在床上不能下床也不会引发她任何的恐慌，因为她对疾病和生死还毫无概念，她只是觉得妈妈每天都躺在床上睡觉。我想，就算我这样躺在床上再也无法醒来，她也不会感到恐惧和理解，她会一直喋喋不休地拉着我的手说："妈妈，快吃饭，快吃饭。"

就算这是我生前听到的最后一句话，她也不会知道这是她对我说的最后一句话。

任何一件惊心动魄的事情发生，都是对成年人而言的。对孩子来说，当下的任何事情，都只道是寻常。

一个病人的自我修养

我坐在床边，一口痰丝在空中空空荡荡的飘下，许久也无法掉落。我需要用纸张去刻意地抹一下，才能帮助这根痰丝成功地掉落在垃圾桶中。我望着眼前这幅景象，实在不敢相信它会发生在现在。这副模样我只在小时候在农村时见过，年少的我放学路上总看到些偻腰咳嗽的老汉们，头戴一顶黑色毛线小帽，手里拿着一根烟管不停咳嗽把肺咳出血一样地用力然后发出一声巨吼挤出一丝痰来在空中飘飘荡荡，总是让我厌恶到不行赶紧跑开。而现在，这根长长的痰丝竟然是我从自己口中吐出的，我同样感到厌恶，但又无能为力。

我对先生说我感到自己失去了尊严。他面无表情地回了我一个白眼说："这就失去尊严了？那你以后大小便失禁了怎么办？安导流管了怎么办？"我慌乱地说："我不会的！如果以后那样，我就去死！"他冷冷地吐出四个字："你不敢的。"

他说得对，我不敢的。我是如此渴望过往穿着华服在 party 上推杯换盏的时光，嘴上说着无聊的虚伪的漂亮话，脑子里想的是妆是不是快花了是否要去补一下，没有一分一秒听清旁边那些人到底在说些什么。那些热闹的画面就像是加上了一层又一层五颜六色的滤镜，斑驳陆离。我知道褪去滤镜后的生活本样是朴素，却不想是这样日复一日地面对一个人、与一个垃圾桶的相处时光，他每天都盯大了眼睛看着我，看我这个球员能不能把球踢进那个张口不大的球门，一言不发。

每天唯一的娱乐就是在化疗输液不太难受的间歇，我先生举着瓶子扶着我在狭窄逼仄的病房通道上转转，通道上散布着受不了病房里的苦闷要出来遛遛弯的各路病友，不过依然大多面色愁苦，嘴里念念有词。每天这单调的娱乐就像黑白胶卷底片的不断循环，全是愁苦的面容循环轮播，我甚至也分不清男女老少，反正在这里，大家都只剩下几床几号的一个代码，人脸重复着和代号一样的单调。直到有一天，一张炯炯有神的矍铄面孔映入我的眼帘。

这是一张精瘦的老汉面容。光头上冒出的油光和眼珠里的光一样亮，在这郁郁沉闷的空气里，他的出现就像一个电灯泡。他正在乐呵呵地铺着床单，一看就是新来的病人。单瘦的身体上穿着一件红色棒球夹克，随身背着一个印着 Givenchy 的白色箱型包袋，一身打扮时髦得很，与平日印象里 60 多岁的老汉形象截然不同。老汉把包里带来住院要用的生活用品一件件放在床头柜上，其中有一包小熊猫，他把它拿起来压瘪了一下，拿起来藏进了裤兜里。我和我先生忍不住同时搭了句讪："哟，还抽烟呢？"大哥爽朗地咧嘴一笑说："我抽烟不吞下去，从嗓子过一圈就出来了，不影响。"我先生听罢此言论，开心地大笑起来。我知道他自打我确诊那天开始就承受了极大的压力，这句话就好像在高压锅上开了一个阀门，在这几个月情绪高压的状态下，我没见他笑得那么开心过。他和对床的大哥两个人心照不宣地大笑起来，把我这个气压低的人弄得有些怪不好意思的。

我们问他："您是哪里的呢？"在肿瘤病房里，这是一句见面问候的通用语，意思是问对方"你的肿瘤是长在哪里"而不是日常所问"你来自什么地方"。大家都极力避开"癌""肿瘤"这些词，自动采用一些温和的问法。他指了指头，这个举动着实把我吓了一大跳。上一次住院时那段惊心动魄的惨剧还历历在目，我实在是不敢回想。他看出了我的紧张，轻描淡写地说道："前年的时候呢，诊断出脑癌。就去北京治病，做了个手术，给切了。"我吓得大惊失色，赶紧问道："那还好吗？"大哥说："挺好的。手术很成功。不然我现在也不在这里了是不是？"说着又大笑起来。"那您这次进来是？""这次是去年，又诊断出肺癌。这次不做手术，就做化疗。我就每个月接到入院通知了就从贵州飞过来，治完了又飞回去。""哎哟，你这个肺癌转移，怕是和那？"我先生指了指包里藏着烟的地方，隐晦地说，"您还是要注意点。"

"哈哈哈哈。没得关系！我自己晓得没得关系！我几十年了，我知道它进去怎么转的。以前进肺，现在不进！"大哥爽朗的笑声让我实在是有些意料不到，我又好好仔细端详了一下他，看他的确是眉飞色舞，不是强颜欢笑，心里一颗担忧的小石子稍稍落了下来。大哥一边说话一边收拾东西，我看他拿了一罐老干妈出来，当时就没忍住流口水了。我心生抱怨地对我先生说："你看我都几个月没吃过辣椒啦？你也不让我沾。你看别人都能吃。"

大哥询问了我的病情以后斩钉截铁地来了一句："能吃！没事，辣椒能吃！照样吃！"这话实在把我逗乐了，我想他要是我的主治医生就好了，我现在每一天的治疗一定会过得非常开心。我又急迫地问他："还有啥？还能干啥？"他说："啥都能干啊！肉照吃，火锅照吃。你看我现在不啥事没有。"我问："那酒能喝吗？"大哥脸色一正说："哎哟，酒还是不能喝。""烟都能抽，为什么酒不能喝？"大哥说："酒精是要进血液的。烟我没进呢，我这里循环一圈就出来了。"这番严肃的言论把我和我先生两个人乐得前仰后仰。

我先生迅速喜欢上了这位生龙活虎的纪梵希大哥，两人还约着一起躲过护士的法眼溜出去抽烟和点外卖。他给这位忘年交大哥取了个名字，叫"贵州老超哥"。每天我们在病房里，隔一会儿就看到超哥出去晃一圈，回来饭盒里多了个豆腐乳和牛肉干；隔一会儿出去晃一圈，回来捏捏鼻子我们就知道他又溜出去抽烟了。护士常常来查床他都不在床上，我们总是想着各种借口给超哥推脱躲过护士的盘查，超哥回来也总是对我们投来感激的眼神。这样斗智斗勇的经历给我先生极其难熬的家属陪护时光增添了极大乐趣。

脑癌转肺癌的超哥极大地鼓舞了我先生，他开始拿另一种眼光看待我。从确诊的第一天开始，他就比我承载了更大的心理压力。我这人混不齐，坚信自己正值青春年华阳寿未尽，既然生活出了小插曲，那就该怎么治怎么治，谨遵医嘱。而他拜访了各位名医，研究了各种用药方案，四处咨询请教打听，生怕因为没把我照顾好而导致我英年早逝了。这种压力就像一块巨石压在他心中，虽然他常常为了哄我而露出笑颜，可那装出来的笑容比哭还难看，我实在嫌弃得很。一直到遇见超哥，他的脸上开始不自觉地露出轻松的笑容。

住院的那些天里，超哥不断地给我们灌输各种"歪理邪说"，若是主治医师在场，那是肯定要拖出去大打三十大板的。但是我却爱上了他这自成一派的理论自洽，常常在化疗中被药物灌得迷迷糊糊时听见他和我先生大笑的声音，让灰暗的病房有了一丝温暖的色彩。

超哥就像一颗天际飘来的种子，无端端地飘在了混凝土上，却依然开出了一朵小花。不知道是否是巧合，从第二次入院化疗遇到超哥之后，即使我的身体健康状态与日俱下，我却在病房里遇到了越来越多乐观豁达洋溢着爽朗笑声的阿姨叔叔大哥大姐，走廊里那些不断行走着的愁苦面容在他们的对比下显得不再那么人潮涌动，充斥着整个空间，让人窒息。走廊尽头那扇老旧窗户被人推开一道缝隙，清新的空气就那样涌进来，这个每个月我都要进来待十天的地方，我好像已经再也闻不到那些酸臭的气息，我觉得地板锃亮整洁，空气中都弥漫着药物和消毒水的味道，医生护士们有力的手臂推着小车穿梭其中，让人充满安全感。

刘姨是在我出院前一天搬进来的，慈眉善目面容平静，自己一个人带着一个随身小包，带了点基本的洗漱用品就盘在病床上打坐。我对这种生性安静进到一个环境里不主动和人说话的人都天生充满好感，于是看了刘姨好久。刘姨的面容看起来和我外婆年纪相仿，想来也应该是七十好几的人了。这种身边完全没有子女照顾，自己一个人身轻如燕地走进病房，像微风吹起涟漪一般的姿态让我诧异又着迷。看着她完全不发出任何声响的静坐，我心里泛起不忍：这样如菩萨般面容宁静的人，也要忍受癌症化疗的摧残吗？

果然有一个病友打破了寂静，好奇地开口问："老年人？你就一个人呀？没人照顾的呀？"刘姨轻轻笑道："我都来了四次了。轻车熟路了，没必要让孩子陪。他们忙他们的。"对方接着问道："您都这个年纪了。化疗副作用大，你身体受得了啊？不怕什么万一啊？"我觉得这个人好不会说话，不觉得皱起眉来。刘姨倒是丝毫不介意，继续温和地说："我也没有多大，还有两年才到八十，身体还受得住。唉，不过担心的倒不是这个化疗副作用，是不知道还要做多少次，才能结束呀？""老人家，啥意思？医生没和你沟通整个疗程的方案吗？"

"哎呀，不知道咋沟通呀。本来刚开始的时候分期是 2 期，现在做完四次化疗了，分期变 4 期了，反而还变重了。也不知道怎么办。还不能怪医生，说了医生不高兴。"此话一出，全场哗然。整个病房竟然没有一人发出任何一点声音，大家都被这份巨大的坦然和沉静震慑住了。一段话没有任何被情绪激发提高的分贝，没有任何一丝愤怒或抱怨的情绪，平静得就像说今晚的晚餐吃了两菜一汤那样简单，但释放的巨大能量波就像在病房里投入一颗鱼雷，每个人都感受到大脑里嗡嗡的，感受到自己受到一股巨大震撼，但是鱼雷并没有爆炸，只是被丢在了深海里，一直往下沉，往深不见底的海底里沉着。病房里变得鸦雀无声，没有任何人知道应该要给一句怎样的回应。越医越严重，肿瘤还在扩散，本就是一个令人焦灼不安的消息，刘姨却还在想着不要给医生压力，不要说出来让医生不高兴。而且情绪丝毫没有起伏，这是怎样的一种境界呀，我们凡夫俗子的本相瞬间便被衬托得一览无余。我们在自己狭小的病床上，担忧、焦虑、不安，被痛苦折磨得烦躁，烦躁食物，烦躁呕吐，烦躁每一分每一秒在这里的时光。那一瞬间，我第一次在一个人身上看到如一尊木质佛像一般的沉静之相。如果说超哥的出现是一粒阳光的种子，刘姨的出现就像一道菩萨的佛光照亮了整个病房的夜晚。整个房间久久地沉浸在冲击波之中，大家感慨万千却又不知该如何表达。还是刘姨自己打破了宁静，刘姨轻轻地说："挺晚的了，大家都早点休息吧。"声音轻轻飘过，就像一句来自天国的指令，大家安静地关掉灯，放下手机，各自拉上床帘，休息去了。

很可惜，在二次化疗出院以后，之后的几次住院，我都没能再见到贵州老超哥和菩萨般的刘姨，我相信他们现在都一定健康安好，早已病愈结疗回到自己的家中和子女团聚。可以说，贵州老超哥和刘姨彻底改变了我面对肿瘤的态度。乐观也好，平静也好，都和正常人面对疾病本能的焦虑恐慌形成鲜明对比，我开始观察自己，观察周边的众多病友。我对每一个人都产生了无尽的好奇，同样面对疾病，为何每个人的态度会如此千差万别甚或天壤之别。我对这个问题竟着迷了。

中医 VS 西医

从我确诊的第一天开始，当身边亲近的友人，或友人的友人从各种渠道知道了这个不好的消息，我所收到的最频繁的问候信息竟然是："我认识一个中医，非常厉害，治好过好多癌症，要不要推荐给你？"名气大的，有据说是某名医的关门弟子，当然，人不在成都，需要专门飞一趟厦门，挂号很难，需要提前预约很久；名气不大的，有科班出身的，比如曾在成都中医药大学就诊多年现在在一个中医诊所挂职，据说很厉害，各种癌症都能治；也有名气很大，不知何方来路，据说隐居在龙泉山上，常年不见人影，都是癌症病人求着跪见，2000 块钱一个号挂了也要等两个月才能见到医生的；还有名气不大，有人神神秘秘对我说，他们老家有一个传说中的仙人，据说医癌症特别厉害，一医一个准，要不要去看看？

我很困惑，怎么中医四方八达，反而就没一个人主动跟我说能帮我约到华西肿瘤科主任，下周就能进去住院的？

我哥笑着跟我说："在中国，权威的西医排行榜上的人物是需要动用到主流社会关系的，这是权力、金钱和社会地位的侧面折射。至于中医呢？你自己想。"

我的确想了想。给我推荐各位五花八门中医的朋友们，都不是愚昧迷信的主儿，大多也是在改革开放后主流社会中取得一定成就的城市居民，其中也不乏一些董事长之类的大人物，可我听到他们讲的那些故事，确实让我也不得不皱紧了眉头。

比如一个朋友说她老家德阳有一个知名的道医，他能看到人的身体是因为撞上了不好的阴性邪气才导致生病的。有一个比我更年轻些的小姑娘，和我同样病症，他看了一眼以后便断定，是因为有一个在车祸中丧生的与她年纪相仿的小姑娘上了她的身，她自身的阳气受了这股邪气的影响，便生生得上了肿瘤。需要做一些法事把这个车祸中丧生的阴灵赶走，恢复阳气之身，才能在这场肿瘤拉锯战取得完胜。

"你还别说？那姑娘的癌症之后就痊愈了。"朋友讲得神神秘秘，我听完也是皱紧眉头不知该做何回应。想起复旦乳腺癌逝世的女老师于娟生前的那本《此生未完成》，里面也有一段讲到她和她的病友被一个大师拖到山上去做神秘中医治疗的经历，对方的理论体系是将体内的毒素放出，她们在那座农村上被断食、放血，最初于娟老师感觉还不错，身体有了一些清明舒爽的感受，但后来突然有一天她的病友病情恶化在山上逝世，连当地的医院都来不及叫救护车送去，才把于娟老师的家人吓到，紧急从那座山里把她接回了城里，重新启动西医的化疗放疗。想到这里，又联想起刚才那个道医神神秘秘的故事，我不由得心里又沉重了几分。

华西肿瘤病房走廊里贴着的"肿瘤患者患教须知"里，最显眼的就是一张硕大的海报："肿瘤患者，补充营养最重要！千万不要想着饿死癌细胞！癌症的后期，都是营养与癌细胞的战争！患者一定要注意营养的均衡摄入，营养的充足摄入。"我觉得这样的宣教还是学术了一点，老百姓不一定看得懂，参考标语的做法，他们应该写上："一切宣扬饿死癌细胞的行为都是邪教！坚决抵制邪教！"

按理说，正常人听到这些故事，一定都是扑哧扑哧笑而不语的。每个人都站在全知全能的上帝视角，心想着那些人怎么会那么愚昧那么迷信，都 21 世纪了，还有这些神神道道的事情和奇怪偏方有人去听。可是对病人和病人家属来说，每一个痊愈的故事都像照亮黑暗的阿拉丁神灯，吸引着人们不自觉地靠近，献上自己的金钱与灵魂去靠近。

这样的场景在气压极低的肿瘤病房更不例外。有一次一位病友的友人来病房探望，讲起一个故事，说他有一个老领导，虽然几十年工作繁忙，但多年来对养生一直很感兴趣，自行钻研。后来突然确诊癌症，老领导凭借自己多年来的养生心得和理论体系，坚决拒绝到医院治疗，他认为是上海的水、空气和食物出了问题，他必须要离开上海这座城市。于是他就办理了病退手续，一个人去到海南，不带老伴和子女，自己在海南乡下种了块地，自己种食物，自己做饭，现在都过去六七年了，人活得好好的，一点没事。这位客人呀，讲完以后还不忘深情感慨地做了一个总结："你看这西医呀，也不见得治得好。中国这老祖宗的医学智慧呀，还是不简单。"话音刚落，病房里就有其他家属不高兴了。"你怎么知道人家没去医院治？你又不是他家人？你怎么知道他没用药？连口服化疗药都没用？""再说了，这是现在过了六七年人还在，这人要是不在了，你还讲这事儿吗？"讲话的人顿时觉得无趣，不吱声了。蔫蔫地找了个借口走了。

这大概就是病人在面对中医与西医治疗方案的困扰吧。寻求西医，正规医院正规医生，有可能治好，也有可能治不好。病人和家属会拿到治疗的一个标准方案，有理论诠释，有经验支持，若是真没治好，医生会给到一个医学上的原因，家属也算安心。寻求中医，寻仙访神，登门求助，有可能治好，也有可能治不好。病人和家属把希望都放在这个神医上，不懂原理，也不懂药理，治好了，是医生神通，变成案例大肆宣扬，没治好，是命不好、运气不好，这个人就这样消失在了世界上。

我想这就是为何中医大神会有那么多经典案例在民间流传的原因吧。医好一个，一传十，十传百，造就"神医"奇迹。而西医，一切都在数据里。今年临床诊疗 CR（肿瘤完全康复医学名词缩写）率70%，你是那70%，还是那30%，都自动被归为统计数据，CR 或者不 CR 两条岔路都自然而然的发生，都是科学，没有造神，没有奇迹。

贴士

对家属来说，大多数人在接到噩耗之前都没有想过这样的事情会发生在自己或者至亲的身上，所谓中医 VS 西医之争都只是茶余饭后的谈资、朋友圈的谈资而已。当真正的噩耗来临，大家要谨慎去做出选择，不要轻易迷信别人给你推荐的某位神医或者高人。

我喜欢的一位老师王东岳曾经在他的中医研究笔记里说过这样一段话："我们几千年来的养生和中医之道充满智慧，但现如今我们这个世界太残暴了，这个世界对于我们身体和精神的伤害远远超出我们老祖宗可以想象的程度之外。很多温和的病症前期可以靠中医调理，走回身体平衡的正轨。但大多数重症，比如癌症，或者其他受环境污染给身体造成的重大伤害，中医也着实感到无能为力。"

我很认同这个观点，不是中医的理论和中药不对，实在是我们老祖宗也不知道现在这个世界的残暴程度会一路狂奔至此啊！

华西作为西南地区建立的第一所现代医学大学和医院，对西医是有捍卫的。所以在华西整个医院内，几乎是看不见"中西医结合"这样的科室和话术的。但即使是这样，在华西的肿瘤科里，依然有一个中医康复修复的主任大夫。这个大夫专门配合缓解西医上肿瘤诊疗手段中同步产生的毒副作用，会开服一些中药给患者。这个科室的存在本身就证明了在手术、化疗、放疗这西医传统癌症治疗三把刀之外，权威西医医学对于中医药在调理放化疗对身体形成的毒副作用这个维度的认可。西医治疗，中医调理。西医杀毒，中医扶正。各位家属可以结合参考服用，而对于外面不论什么大人物推荐的哪位神医，病急乱投医跟着"神医"走万万不可。

癌患后的日常生活——另一个平行宇宙

第一次住院我给自己绑了一条丝巾在头上，原因是不知道自己何时会开始掉发，找一条大丝巾绑着能最大程度上掩盖我的恐惧。事实上，头发并不是在第一次住院期间掉的，大概是在出院后的一周以内。我想那大概是药物通过毛细血管输送到每一个细胞，找到毛囊细胞，药物拿出大刀，一阵挥舞狂干，毛囊大军终不敌敌手而战败的正常战争时长。而因为这场疾病来得太突然，我对疾病的储备知识实在是太枯竭，以至于当我出院被丢回日常生活的时候，面对这个红尘热浪依然滚滚向前的世界，自己竟然毫无准备。

为了方便长时间大量的输液，我的身体内安了一个 PICC 导管，从手臂里穿进去，一直到心脏附近，整个软管跟着血管一起在体内穿梭，大概有整条手臂那么长。留在手臂外面的，是一个方便护士取下来接输液管的插口，于是我的左手臂就多出来一个巨大的像机械手臂一样的东西，和纱布一起奇怪地粘在手臂上。

隔壁床有个 20 多岁的小姑娘病友，爱美，给了我不少攻略。她说你去网上搜一个 PICC 保护套，把手臂上那个巨大的机械接口藏起来，别人就不会知道了，别人还以为是你做完运动手上绑的汗巾呢。我看了看那个巨大的机械手臂副产品，心想这个夏天吊带肯定是没法穿了，然后上网去搜了一下 PICC 保护套，惊讶地发现，这东西在网上被售卖的数量和款式之丰富，让人实在想不到这是一个癌症患者会用到的东西，就像你买根发绳一样的容易和丰富。因为我搜了 PICC，系统很快给我关联推送癌症患者所需的假发，各种造型，各种价位。商家为了增大搜索，会明确地在产品名上标注"假发／癌症患者所需"的关键词，即使是 199 元的普通款，产品图上的那个女性也依然阳光优雅明媚性感，这件事情极大地惹怒了我。我认为这是对我的极大冒犯，也是对所有正在浏览产品的患者的冒犯，即使我们仅仅是躲在手机屏幕后像翻阅奏章一样地滑动，也依然感觉到这个不妥奏章给自己带来的极大愤怒与不爽。于是我决定关掉淘宝上的搜索，我不能接受这个系统的学习功能会自动给这个ID打上癌症标签，在未来漫长的时间里不断给我推送各种抗癌生活辅助事物。这是我，一个渺小人类对于科技的反抗。

最终我选择走进一家商场的假发店给自己选一顶还算适合的假发，或许是服务人员知趣地没有提及任何关键词，我在接受那顶假发的时候心态非常平和，也认可了这个新造型。还时不时带着这顶假发拍两张照片发发朋友圈，惹来一阵惊呼："你怎么会舍得把那么长的头发剪掉?！"我从不回复，只是默默地心里含笑。

其实我能回到正常生活的时间短之又短，每二十一天一个化疗疗程。每次化疗住院十天，回家继续上吐下泻昏天黑地七天，留给自己能下床出门走走伪装成一个正常人的时间大概也就只有四五天。所以我总是见缝插针地在这每个月的四五天里安排一些看电影，去餐厅吃饭的活动，贪婪地闻一闻人间的气息。

能出门的这几天，每天最多能安排出门的时间只有一两个小时。癌症这种病一个残酷之处在于，不仅限制了你的时间，还限制了你的精力。身体经过药物的摧残以后，会异常疲惫。我总是在两个小时里忙碌地让我先生帮我多拍几张照片。因为这几天的照片得陆续发满一个月的时间，才能在社交网站上成功地伪装成一个正常人。

我的伪装工作艰难地撑了不到三个月，终于还是一溃千里。第二次化疗出来的一天，公司合伙人安排了一个工作活动，让我去陪她出席会儿做个吉祥物。急于脱离那股子消毒水和呕吐的气息，我内心其实是想去的。想想自己无非也就是伪装一下过去坐着，待两个小时就回来，一切都发生得神不知鬼不觉，我不顾家人的反对化了个精致的妆做好了一切伪装坐车出发了。当天是一个分享亲子教育的主题，嘉宾谈到自己是一个单亲妈妈，在就自己养育之道的侃侃而谈中，突然提到了一句："孩子爸爸三年前诊断出鼻咽癌，救治无效去世了。我就开始一个人抚养孩子。"这句话轻轻地飘过活动现场，却像一根利箭一样直接刺入我的大脑，我的五脏六腑突然开始控制不住地翻腾起来。

鼻咽癌，我的同款，救治无效，去世。这几个词像绞索一样紧紧地绞着我身体的每个器官，一秒钟之内除了胃部翻江倒海的反胃呕吐，我觉得心脏也被人重重击打了一拳，呼吸变得困难。一口中午吃过的食物从我胃里翻出，我嘴里充满着异物，我知道我不能再在这个流光溢彩的场合待着了，为了不变成所有人的笑话，我必须马上离开。高档商场的洗手间总是太远，我的体力根本不支持我走出去寻找洗手间，我从店铺的后门走出，看到一个垃圾桶，哇的一声吐了出来。

纸老虎终归是要被戳破的。不论怎样的佯装志气，都避免不了我不是一个正常人的事实。房间内欢声笑语，掌声阵阵，没有任何人会因听到刚才那句话而瞬间感到崩溃坍塌，只有我。因为只有我，是和她口中的"孩子爸爸"一样，是一个癌症病人，是一个可能会救治无效离世的病人。没人知道活动上离开了一个人，大家都还在社交着，鼓掌着，拍着照，修着图，关心自己的照片是否完美。眼看着热闹的红尘世界依然旋转，自己却即将撒手而去。我像一只泄了气的皱气球，靠在富森美商场的垃圾桶边，抱着双腿哭了起来。巨大的孤独向我袭来，在这个充满着香味和音乐的商场，只有我一个人被遗弃在这垃圾桶旁，无人问津。并不是朋友把我遗弃了，是世界把我遗弃了。这个美好的世界，容不下一个残缺的病人。

行人们看到我全都绕道而走，就像看到腿上长了脓疮般让人厌恶。我分明还记得自己在一年前推着婴儿车走进这个稀稀寥寥的商场，每个迎面而来的陌生人都报以热情的笑脸，大声夸着："好可爱!"这大概就是人类的天性吧。一切的新生都是美好的，一切的腐朽都是令人厌恶的。先生接到了我的电话，迅速过来把我从垃圾桶旁接走。他说都怪我自己，明明是个病人，还要逞强把自己装扮一番去参加别人的名利场。好巧不巧还听到这么糟糕的消息，也是我自找的。如果我不出门，今天这一切都不会发生了。我第一次觉得他说得有道理，两个月以来，我都一直在给自己做各种心理建设，我不是一个病人，我只是一个处于某种治疗状态中的普通人。于是我用各种照片去维护朋友圈的正常发布，让别人感觉不出我的异样，但事实不是这样的。我确实就是一个病人，一个心理上极端脆弱身体上还随时无法自理的人。

我是一只生活在黑暗中的猫头鹰，我已经不能再在阳光下飞出洞穴，外面的阳光太强，让我无法张开双眼。

还是在洞穴里待着更适合我。人与草木一样，孤独的生长，孤独的凋零，已经是枯槁的枯草的时候，为何还要出去丢人现眼呢？从那一天开始，我关掉了朋友圈，因为朋友圈任何一张灿烂的照片都让我觉得刺痛，这个世界依然如此热烈地繁华着，只是这份繁华里，再也容不下一个我。

世界的繁忙让我烦躁。我开始不回复微信消息，也不查看群消息。微信里我唯一看的群就是病友群。看到那个群发出的动态闪烁，会向黑洞一样吸引着人本能地去点开，希望看到一个 CR 康复的喜讯可以刷屏。但事实总是让人失望，群里闪烁的消息从来都不是某人"毕业"的消息，总是同期的病友们在焦灼地询问各种药物和各种日常护理的问题，交流自己内心的折磨与痛苦。那些已经康复了的人都不说话，似乎离开了这个黑暗洞穴的猫头鹰们都早已又投入了滚滚红尘，没人会记得这些还在折磨中的人。

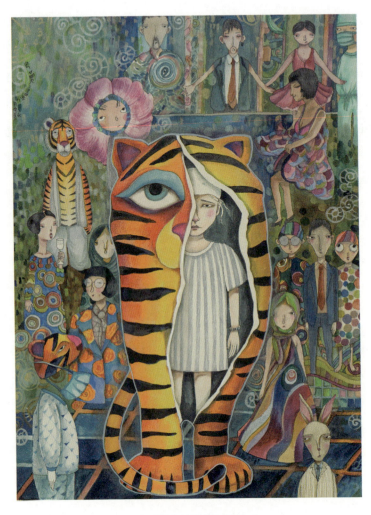

《我们都是纸老虎》

　　花花世界，颜色依旧绚烂，有的人因为生病而透明，有的人可能实际是一只兔子，还有的人躲在鲜花的背后，有的人歌舞升平，有的人狐假虎威，没有人在意谁是谁，也没有人注意到，一个躲在纸老虎的女孩，已经脆弱，大家仍旧能看到的是每个人的光鲜亮丽，大家也依旧表现的光鲜亮丽。

如何安慰患癌的朋友?

知晓我患癌以后,有很多朋友问了我这个问题。我其实很为难。快乐是可以传染可以分享的,但痛苦就不一样了。对于患癌这种自身承受的极度痛苦,正常人无法理解,它完全是另一个平行宇宙。面对无法被稀释的痛苦,言语上的"感同身受"根本不存在。对于癌症患者,健康人能说的安慰话极有限。无论是"祝早日康复"这样的常规安慰话术,还是任何张口就来不走心的安慰话,对于患者都是二次伤害。

理解莫过于不打扰。

如果一定要打扰,言语的问候不如直接一个红包转账,用力所能及的金钱来表达你的问候。因为每一个癌症患者背后都是巨大的吞噬金钱的无底洞。癌症作为一个慢性病,经年累月的治疗,高昂的药物和住院费用,随时有可能复发的警报,医治到最后,一定会拖垮身后一个家庭的财务积蓄。如果你真的关心他/她,表达言语的问候不如实际的行动更能起到一份安慰。

《猫头鹰》

　　我站在黑暗里，穿着猫头鹰的裙子。那只在洞里的猫头鹰也出不去，它就是我吧？我们都被黑暗框住了，它在旷野，我在城市。

一语惊醒梦中人

　　每次入院的周期按照医学要求是准确的间隔二十一天，我数着快要第四次入院的时间，在家早早收拾好了基本需要的洗漱用品，可是时间到了，还没接到医院的通知电话。又过了两天，还是没接到。我心想，大概是医院最近床位太紧张了，我再等等。又过了两天还是没消息，我有点慌，给医院去了个电话。电话那头问了一句："你该第四次化疗了？那你去其他医院了没有啊？"这句把我吓得大惊失色，立刻辩解到："我哪有去其他的地方啊？我就办了华西的入院手续我就在这里一直治完啊！"护士淡然地说了一句："喔，好吧，有些病人会在当地更方便的医院化疗的。行，那你来吧，留意电话等通知。"挂掉电话以后我顿觉惊慌失措，这都能把我忘了。要是我就这么被她们忘了，耽误得再久一些，我不得小命挂掉啊。顿觉人生艰难，压力重重。

　　一住院就遇到上次给我推荐 PICC 保护套的那个小姑娘小雨，她跷着二郎腿在床上优哉游哉的哼着歌，一看到我进来就立刻从床上爬起身来，大声叫着："你来啦？你回来啦？没想到又见到你了。我这是最后一次疗程了。做完这次，检查没什么问题我就要出院了！""哇，真是太好了！真是恭喜你了。为你高兴！"我嘴里一边说着，脑子里却全是自己接下来十天要面对的暗淡未来，那种惨不忍睹的感受将再一遍重复，心里怎么也高兴不起来。我相信我说出来的话也并没有带上几分真心的高兴色彩，更像一句例行公事的客套话，但是小雨丝毫不在意，摇着假发的辫子继续在床上有节奏地荡着脚丫，甚是惬意。

与上次她一个人住院不同，这次她的病床尾靠着床沿坐了一位中年女性，埋头玩着手机。我猜大概是她的嬢嬢之类的一个长辈，过来照顾她的，也没太在意，自己和先生忙着安顿下自己了。

小雨的心情明显非常明媚，从她点的菜单就能看得出来。一会儿想吃自热桶，一会儿想吃烧烤，手上输液的管子完全不影响她脚打节拍的节奏，她躺在床上刷着手机，嘴里喃喃有词："这家不错耶～哎呀，这家看上去也好好吃！"医院里是不能送外卖进来的，更别说现在正处于疫情期间，外卖小哥连医院的大门都踏不进来一步。于是小雨便对床尾的那位嬢嬢说："我想吃这个！你去给我买这家来！"嬢嬢只能中断正在埋头刷的抖音，不太情愿地起身来，出门给她买去。

没人记得嬢嬢出去了多久，大家都被痛苦折磨得自顾不暇，直到突然一声尖叫划破病房里午后那蔫耷耷的空气："你咋个出去那么久！我都要被饿死了，还看不到你回来！我以为你死到外头唻！""你这个人说话咋那么丧气！什么叫死在外面了？我出去买饭，顺便在外面洗了个头，我自己也要吃饭呀。我弄完才回来得嘛！"嬢嬢也没好气地回应道。

"我在这里没吃饭，我一个病人在这里饿着，你在外面洗头，你洗头给哪个看？给哪个男人看?!"小雨明显不依不饶。"我洗给哪个看关你啥子事！你要吃的东西我给你带回来了。"嬢嬢把烧烤的外卖袋往床头柜上一扔，又一屁股坐了下来，从包里拿出手机准备玩手机。

小雨没有伸手去拿那个外卖袋，情绪爆发了起来，指着嬢嬢埋下玩手机的头怒吼起来："我给你说！你一天到底在干些啥子！我生病，你管过我没有！你管过我一天没有?!"嬢嬢明显也气打不出一处来，把手机往床上一扔，说："我没有管过你吗？你给我说你生病，我是不是给你打了5万块钱！"小雨的声音从怒吼变得尖利："5万块钱！5万块钱！那5万块钱你不该给我嘛?!你养我不该给我5万块钱嘛！那你把那5万块钱拿回去嘛！拿起走拿起走！这里不要待了，一分钟也不要待了，给老子滚!!""滚就滚！"嬢嬢站起来往病房的出口处走，出口处是每一个病床位的储物柜，她明显想走过去收拾自己的行李。小雨噌地一下从床上爬起来，一个箭步冲到对方的前面，率先一步抵达储物柜，拉开自己的储物柜，把里面的一个行李箱哐当一下扔到了病房外面，指着门外大声地尖叫："你滚！你滚！你现在就滚！滚滚滚！"嬢嬢看着自己的东西被扔了一地，只能默默地到病房外走廊上去收拾散落一地的生活用品，收拾完后也没再走进病房，只看见她的背影慢慢离去。

小雨回到病床上，气得浑身发抖。这一切都如同狂风骤雨般来得太过于猛烈，让病房里其他昏沉沉的人都完全没回过神来，立刻就听到有人劝说的声音："发生什么事情了嘛？有话好好说嘛！你还是病人，不要这么动气。康复第一。"小雨的怒气继续如火山爆发般地冲出，她大声地怒吼："她是我妈！她是我妈!"这下惊到了全屋的人，也包括正在昏迷状态中的我。从我们见到她俩，就没感觉出她俩是母女，我以为就是个家里的亲戚。如果不是因为这位女性虽到中年但还姿色尚存，以她俩平日里的生疏程度，我说不定还会以为是个花钱请来的护工。

此语一出，劝说的声音自然就拐了个弯："既然是妈，就更不应该这么吵了撒。都是一家人，啥子话都好说。""好说？好说什么？我长这么大，她就没养过我！"小雨显然还在气头上，劝架的人却觉得这是别人的家事懒得再插手，自己就闭嘴了。小雨一腔愤怒找不到倾诉的对象，把目光转向了我。

那炙热的目光让我觉得很不适应，我读懂了对方的诉求：光听不行，必须回馈点什么。表情？声音？言语？于是我结结巴巴说出一句："真没想到那是你的妈妈。"我真是个狗脑子，在那样一个擦个火柴就能点着的紧张氛围下，我竟然说不出一句安慰人的话，只能结结巴巴说出这么一句没有意义的话。小雨的气也泄了一半下来，神情黯然地给我讲了她的故事。小雨说她刚出生不久，妈妈就把她丢给了外婆，自己去广州打工了。妈妈说和她爸爸认识是一个年轻时的错误，自然生下她就也是一个错误。自己从小和外婆一起长大，一年也不见得能见到妈妈一面，自然对妈妈也没什么太多印象。有时春节妈妈会带其他叔叔回家，后来就干脆不回家了。自己慢慢大了，读了中专交了男朋友，也就开始理解了。她有她自己的生活，不便让一个这么大的女儿出现在她的人生里，自然也无可厚非。这次小雨生病，最开始的症状是耳鸣，去了省医院，医生诊断说是中耳炎，医了两个多月也没见效，转到华西来检查，检查结果说哪里是中耳炎，是鼻咽癌，立刻安排住院。小雨心里慌，给久未联系的妈妈打了电话，妈妈说自己忙，抽不出时间到成都来陪她，给她打了 5 万块钱，让她住院好好医治，争取早日康复。我说："怪不得之前看你都是一个人。那你男朋友呢？他怎么没来陪你。"提到她的男友，小雨脸上露出骄傲的神情："他是要来陪我的。是我不让他来的。他要忙着挣钱嘛。他也停工了，那医药费谁付啊？总不能两个人都喝西北风嘛。"看得出，小雨对这个男友很满意。小雨话锋一转，又转到了她的妈妈："我生病这事，跟我男朋友说了，他说该怎么治怎么治，很有担当的。哪里像我妈！你看她这个样子，哪里有个当妈的样子，就想着她那个男人，还去洗头，不管我的饭还去洗头！给个 5 万块钱还要拿出来说！那不是该给的吗？全天下怎么会有这样的妈！我以后当妈，可不会当成这个样子。"洗刷了一顿妈妈以后，小雨又恢复了最初那副机灵古怪的样子，她又把腿跷起来在空中晃荡着脚丫，刚才的愤怒仿佛一扫而空。我看她那怡然自得的样子，估计是在畅想自己和男友结婚后当妈的幸福日子。我当下知趣地退下来，不再应声附和。

我突然想到自己的妈妈，此时此刻她在干什么呢？应该在家为我做饭、为我担心吧。我先生陪着我在医院住院，爸爸每天中午和晚上都给我俩送便当过来，都是妈妈做好的汤和各种流食。我妈妈厨艺就不好，养我的时候也是随便炒几个家常菜搞点泡菜下饭了事，打我记忆中就没有像别人家那种满汉全席式的丰盛，但是这不影响我妈妈退休后琢磨厨艺，她总是说以前工作忙没时间研究，现在有时间了可以钻研一下，给我弄几个新菜吃吃。看来这一年她也没有研制新菜单的机会了，每天只能按照病人的营养视频给我弄些水煮青菜和白粥过来。

我一点也不觉得我妈妈厨艺不好。对病人而言,平淡的生活,就已经是珍贵的生活了;不作妖的家人,已经是最好的家人了。

小雨欢欢喜喜的一个人出院了,对她的人生来言,前面还有无限的光芒,结婚生子都是她的向往,一场病和一个不靠谱的妈妈都不能阻挡她的开心。小雨的病床新搬进来一位腿肿如山的病人,一位男子,身旁一位愁苦的妇人跟着,应该是他的妻子,看衣着和生活用品应该不是城市居民,大概率是周边农村艰苦地区来的。都说场域和能量这类东西是看不见的玄学,但是当这对夫妻出现在我面前,确实是肉眼可见一团乌云盘旋在病房里,气压低,苦愁重,瞬间把刚开心跳出去的小雨留下的空白塞满。

接下来的几天里,老夫妻话都不多,按我为数不多的医学知识储备,那肿成西班牙火腿的瘆人情况应该是非常严重的静脉曲张,我在教科书上看过,在现实生活中见到还是第一次。我看了一眼,就不敢看第二眼。那条腿就像恶魔在人间的诅咒一样,我看他一眼,都觉得自己受到了诅咒,眼神赶紧回避开。看老夫妻和其他人的熟悉程度,他应该是老病号了,毕竟这么严重的病,肯定是反反复复进来治疗过很多个周期了,只不过我是第一次遇见而已。在我办理出院手续的那天,我早早就从病床上起身,痴呆呆坐在医院的走廊上,等着先生去办完所有出院手续来接我。旁边有个空位,那位愁容满面的老妇人一人独自坐在了我的身旁。

"你要走了啊~"

"嗯。办手续去了,一会儿办好了就走!"

有时听到这样的话会觉得很别扭,这病房难道不是每个人都想逃离的地方吗？对这个每次进来十天不能洗澡不能换衣服和衣而睡的地方，难道还有什么眷念？这是斯德哥尔摩综合征么？

"这是你第几次啊？"

"第四次。一共七次化疗，还得回来三次。"

"哎，我都不知道这是我们进来多少次了。我们家老头子，最开始都判定没救了，医生让我们回去好了，不需要治了。前段时间有个什么新药测试，我想着死马当活马医，就带他去试了，没想到真的有点效果。现在医生又让回来接着化疗了，说可能还有救。"

"这是好事情啊老人家！有希望呀！"我萎靡不振的精神头一下又起来了。

想起我读大学的时候，学校的告示栏里总是贴着各种新药测试的通知，去一次能有很高额的报酬。我有一次实在无聊，缺零花钱用，就去参加了一个，去那个宿舍吃了药睡了一觉，做了些简单的记录就回来了，领了 2000 块，心想这钱还得的轻松。当时还心想，医院里征集那些不给钱的新药志愿者，谁会愿意去呢？原来都是这些重症患者，反正没钱医，看着医院贴新药测试，万一有效呢，就去以身试药。

奇怪的是，老妇人的脸上却丝毫没有露出高兴的神色，依然是愁云满面，她继续喃喃说道："是啊，现在有希望了，又继续医了。可又需要钱了啊……"

这句话确实让我哑口无言。说到钱，这个话题我也接不上，作为还需要伸手向先生要医疗费的人，对这个话题实在毫无发言权。于是我只能保持沉默。好在老妇人也并不需要我的回应，她继续自顾自地说："其实呢，我们孩子还是很争气的。到成都来读了大学，找了工作，现在房子也买了。他想把房子卖了给老爸治病。我俩都不愿意。那房子是他要娶老婆的，卖了就娶不了媳妇儿了。老头子这病，也没啥救，卖了房子去治，不划算。"

菲茨杰拉德《了不起的盖茨比》开篇第一句话就写："我年纪还轻，阅历不深的时候，我父亲教导过我一句话——每逢你想要批评别人的时候，你要记住，这个世界上的人，并不是个个都有过你拥有的那些优越条件。"于是，对于房子重要还是治病重要，我应该对比我年长一倍的老妇人发表怎样的观点，一时竟不知道该做出怎样的回应。点头还是摇头，我陷入一个道德困境里。

打破这个尴尬的是远处传来的招呼声，我看到我先生推开走廊的铁门手里拿着一堆资料往里走，朝我挥舞着手。远远地传来一句："你等下我啊！我去里面收拾东西……"

老妇人淡淡地说了一句："你老公对你还挺好的喔。"

谈到这里，我有点难为情。在医院这种剥离了浮华和伪装，只剩下生命、肉体和亲情的地方，谈爱情总是有点难以启齿不合时宜。我从鼻孔里轻轻出了一个音来掩盖我心中的难堪："嗯。"这个声音小到我自己都听不见，老妇人显然也没有听见，她继续说："我那老头子，年轻时候对我也还不错。这辈子虽然没挣什么钱，没得啥本事但也算没在外面乱搞，还对得起我和娃儿。"她长出了一口气："也就是看在这份儿上，就给他医吧。不然确实也没什么必要了。"讲完这句，老妇人像是说完自己演讲的最后一句，吐出最后一个音节，坚定地站起身来，朝着病房那个需要她照顾的老头子，一步一步佝偻着回去了，留下错愕的我在原地呆坐。

平淡的语气，从一张平平无奇的口中讲出，像要砸碎了我的天灵盖。我的脑子当场像被一道闪电劈过，劈得我目瞪口呆。一个饱经病痛的老人，生命掌握在一个毫不起眼的老妇人手里，即便此时已生活得残破不堪，但决定着这风中残烛能否延续灯油的，不是医生，不是什么上帝天使，而是这位看上去平平无奇在他身边共同生活了几十年的老妇人。

都说人在死后去往轮回之前，是要算总账的。功过不相抵，老天爷就把你这一生做过的善事一件件数出来，做过的恶事一件件数出来，再根据最后的结果，决定你是上天堂还是下地狱。这个说法没人深究，如果每个人的一生都要这样善恶两分，各自列数一遍，那天庭应该需要一个非常庞大的职务系统来干这个统计的事情。当然，地府也有专门的职务叫判官，把你生前的善恶之事一笔笔数一遍，最后给个结论，地府收还是不收，是收到地狱的哪一级去。可是，也没人见过这统计局的天使和判官，谁又能想到，还没去过上面或下面，这个环节就先在人间见到了。一个男人的一生，做的善恶之事，在他老婆的心里记得一清二楚，他老婆心中的那杆秤，随着他每做过的一件事情，在善恶的天平上增加砝码。最后，按照这个结果，他老婆做出那个决定：这命，是救还是不救？

我望着老妇人那佝偻的背影，不知那是为天庭打工的天使，还是地府派来的判官？背影模模糊糊消失在我的眼睛里，让我久久不能平静。

眼前的景象从模糊到清晰，一个熟悉的大头出现在我的眼前，是我的先生，叫了我几次叫我出院，我却都未听见。我脱口而出五个字："你对我好点。"他一头雾水地愣在原地，蒙蒙地问我："我对你还不好啊？快走了，出院了。"

或许他都永远都无法真正知道我脱口而出那五个字的意思。每个男人，都应该对自己的老婆好点，哪怕她已青春容颜不再。这个女人，陪伴你从年轻到中年，养儿育女，操持家务，人生上半场常常不容易得到男人的重视。可当男人从中年走向老年的人生下半段，面对不可阻挡的衰老，你可知，生杀大权都掌握在老婆手里。用什么药，用不用药，都由你老婆来决定。这功过簿，还没轮到死后，生前就由你最亲的人来判了。

贴士

聊聊金钱与保险

我是一个不喜谈钱的人，打我和先生准备结婚的那天，我就告诉他：柴米油盐的事情我一概不想管，都交给你了。当然如果家里收入不够，清贫点就清贫点，我也不怪你，你随意安排。所以，结婚十年来，我对我先生到底每年挣多少钱根本不知道，也不想谈论。只觉得小日子能过就行。可是，金钱这个话题，却是每个生病之人都逃不过去的生之课题。

网上有个段子，说有个外地人到了成都，对出租车司机说，带我去你们成都消费最高的地方看看。司机二话不说，给他拉到了华西医院的门口。这自然是个笑话，可是人不生病，又怎会感受到在住院部里每天花钱如流水的压力。华西医院里有各个银行的营业部和取款机，永远在排队，业务比银行本部繁忙得多。我偷偷在病房走廊里的业务机上查了一下，输入我的病例号，选择日期为昨天，机器上呈现出来的账单明细就有 14 页之多。我不敢细看，更不敢加总，赶紧退出，大念三声阿弥陀佛！

人生的配置，80% 看投胎。如果遇上不幸患癌这样的加倍苦难模式，谁又不想生在一个家人能对你说上一句"需要用钱，只管说"这样的家庭呢。这七个字，比观音菩萨那六字真言还要来得安心。

在肿瘤病房里，有不少"癌二代"，这是他们给自己取的名字。父母生病，自己不见得每天能从工作岗位上抽出时间来照料，请护工照料也是常事，可是账单的压力却是要切切实实地压在他们年轻的肩上的。一个癌症病人，每天在医院里的各种花费几千一万是常态。癌症不同于其他病症，不是一个开刀手术恢复了就能解决的问题，十次八次化疗住院，临床结疗后还随时有复发的可能。如果复发，回来再来个十次八次化疗也是常见。这样漫长的时间，拖垮一个本还算殷实的城市中产家庭是家常便饭，更别说这些才刚刚进入社会的年轻人了。

我的一个闺蜜，母亲在重庆诊断出乳腺癌，随即安排入院，当时还在北京打拼工作的她回到重庆匆匆看了一眼母亲之后，就立刻赶回了北京，开启继续加班的日子。我问她为什么，她说当我在医院里看见那每日以"万"为单位的账单时，我真的没有办法在医院里多待一分钟，我脑子里只有一个想法："我要回到工作岗位上！我要去挣钱！"不幸的是，妈妈的病情恶化非常快，在一个月内就离开人世了，等她从北京第二次赶回重庆时，已经是见妈妈的最后一面。为此她一度非常懊悔，认为自己在那一个月如果不回北京工作，陪在妈妈身边就好了。可是，回到当时的那个处境，在一个年轻人面临巨大的经济的重难，谁又做过这样的场景演练和心理建设呢？挣钱是被迫要面对的课题，也是逃避。

还未见到死神的镰刀之前，总是被金钱的锁链先掐住脖子，让人窒息。

我曾亲眼看见，医生对我旁边床胰腺癌的病患大叔用带着欣喜的语气说："你这个病有新药可治。效果应该是不错的。价格也不贵。26万一针，三针一个疗程，你考虑一下吧。"我当时很震撼，26万一针的价格，还算不贵吗？当然我知道，比起新闻上那120万一针癌细胞瞬间清零的神药来说，26万确实只是一个零头，可是这样的费用对于一个普通家庭，谁又能承受呢？

在这热闹的滚滚红尘之中，谁敢生病，谁又生得起病呢？

久病床前无孝子。夫妻，父子，谁又敢去考验人性呢？

我刚被确诊癌症的一周之内，因为去单位请假，同事们听闻，问我的第一个问题都是："你买保险了吗?"我很幸运，在 35 岁那年，在我身体还算生龙活虎从来没考虑过生病的壮年，我被一个保险销售死缠烂打买了一份大病医疗。我买了就忘了，谁又能想到，自己有朝一日会在短短的三四年间用到这笔赔付呢？我还得感谢这名保险销售，因为她当时面对事业完成业绩极其激进的雄心壮志，误打误撞帮了一个陌生人大忙。

我在生病治疗的这一年里，身边友人们纷纷大惊失色，以我为负面案例，都赶紧给自己多囤了几份保险。我也稍微有些许后悔，早知道自己是该多囤几份的，还是自己的风险意识不够。在真正去研究了保险之后，我才发现，原来保险里有很多奇怪的医疗保险种类，有专门保那种 120 万一针下去癌细胞清零的保单，有专门去国内最好的质子治疗放射中心做放疗的保单，还有去境外做体检和癌症治疗的保单，真是五花八门全有涵盖。但奇怪的点在于，对一个正常的人来讲，谁会愿意去了解这些和自己日常生活听起来十万八千里甚至有些晦气的东西呢？

天有不测风云。灾难可能来得猝不及防。以我的亲身经历，希望能对大家有所警醒。在日常薪水能负担的范围以内，少一些消费，少买两件衣服，为自己计划一份保险，可能在未来会有大用途。

小刺猬的肚皮

随着化疗的不断深入，时间并没有像刚开始的那样，每个月还留有四五天可喘息的休息时间给我让我出去得瑟。三个月来，身体变得极其虚弱，连拿起手机都觉得虚弱不堪。医生和护士带着一种不听老人言的慈悲眼神望着我说："化疗的毒性是累次叠加的，越到后面越严重。"后半段没说，但我从她们眼神里能读出未出口的信息："加油。"

我决定辞职了。从我确诊的那一天，当我听说化疗其实就是输液，我还满怀欣喜，以为可以顺便休个假，开开心心去公司请了假，来办理入院。在接下来的两个月里，公司因为受疫情影响迅速启动裁员止血程序，很多同事都接到了可能会被裁员的通知，公司上下人心惶惶。或许是觉得不在工作状态的我不会成为他们的竞争对手，同事们纷纷打电话给我，找我商量支招。

我有些许苦涩。一个在癌症化疗的人，竟然还得帮助健壮的人给他们支招？

公司的 HR 三天两头隐晦地来问我病情如何。我知道，是在催促我了。辞职吧。据说确诊癌症以后的患者一般会有两个决定：一是立刻辞职，专心和家人在一起度过休养的时光；二是继续保持原来高强度的工作，要把自己的价值更加紧快地发挥出来。我显然是第一种。通过这三个月不在岗位上的医院经历，我产生了一种奇妙的感觉，那就是那个由我一手创立的项目，其实也并没有那么需要我。离开了我虽然没有计划中的腾飞入云，但至少也不是非我不可。至于自我的理想，身子都没了，谈什么理想。每天从早到晚不知日光与星光的倦乏和虚弱，让我已经没有一丝精力想其他。

就这样吧，和过去说再见吧。先辞职再说。

我和我先生的关系也有了一种奇妙的融合。连续三个月每天都不离开身边的二十四小时相处，是我俩自打相识也没有过的。这些年来，我俩都各自忙着各自的工作，中间有大概五到八年的时间因为工作相处异地，大家只是周末飞到一起，在彼此的城市，像小情侣一样度假。而这样的两个人都十天不洗澡不换衣服睡行军床的日子，对我俩都是第一次。这大概就是婚姻的味道吧，我心想。

网上有个段子，说挽救一段婚姻关系的秘诀，就是其中一人得了绝症。我以前认为这样的段子是看了韩剧那些离谱的桥段想出来的，把伤痛与离别用爱情的光芒罩上一层奇特的光晕。而当我真正因为这场病痛与我先生相处了长达半年，有了每天一分钟都不分开的经历时，我发现，这个段子竟然有些道理。

十年前刚认识我先生的时候，他给我讲他在德国留学时养了一只小刺猬，在冬天会发出咳嗽的声音，像一个小女孩在咳嗽。每每到冬天他听到我干咳，就会想起这只小刺猬。我觉得很奇怪，为什么会有人养宠物养一只刺猬？他说："你不觉得刺猬很像人吗？就像我们自己。"

这些不以为然的话飘散在十年前的风中，却在病中惊醒了我。转眼十年的婚姻，如此亲密的两个人，为何我从未觉得我们的心如此近过？难道真的是因为待在一起的时间不够多，显然不是。是因为疾病让我们第一次放下了评价自己。

作为在社会上打拼多年的专业职场人士，在各自的领域做到高管都十年有余，纵然还不足以自视为人中龙凤，但对于事物发表一番侃侃而谈的观点倒是小事一桩。这种习性不自觉地从工作蔓延到家庭中，作为一个男人，总是免不了对我的想法指点一番江山；而对于他的思考和想法，我也难免站在我的专业立场评价一番。两个人总是闹得不欢而散。我们的专业就像长在我们身上的刺，从不能让两只刺猬露出肚皮彼此坦诚地拥抱在一起。

是疾病，让我们闭上了评价对方的嘴。

闭上嘴，眼睛才真正睁开了。那是我们在用心看一个人，看到他作为一个"人"的可贵之处。责任，是一个男人身上最可贵的闪光点。在责任面前，爱情的冲动不值一提。

放肆的哭泣

治疗的最后两个月，我进入放化疗结合，就是放疗和化疗同步进行。如果说化疗是拿毒药通过血液杀遍全身细胞的话，放疗就是用射线针对单独的部位用激光枪定点射杀。对很多患者来说，如果肿瘤发生在腹部或者胸腔，放疗就会比化疗轻松许多，毕竟被衣服遮住的部分，即使被射线杀得变形，也能用衣服挡住。而像我这种颈部咽喉部的患者则就没那么幸运了。

"这是你的射线辐射区域。不能沾水。从鼻子到胸腔以上都不能沾水。一旦沾水，皮肤就会溃烂。不能沾水。"放疗科医生手上提着一个巨大的模具，指着从鼻子到胸腔以上的区域，从上往下，又从下往上，给我重点强调了三遍。

"不能沾水？"什么意思，我一脸蒙。"这是脸啊。难道要两个月不洗脸？"

"是啊！为什么要洗脸。患者都是不洗脸的。我给你说过了啊，不能沾水，沾水皮肤就会全烂。你这么爱美，到时别哭着来找我啊！"放射科的年轻医生明显话比化疗科的老医生要多，不断地在重复这个关键信息。

"汗水是水吗？夏天这么热，汗水也会出的啊！"

"那你就待在空调房里啊。别出来晒，别出汗。跟你说了，不能沾水。"

和放疗医生的沟通是以我依然不明事理作为结束，我被搀扶着蹒跚回到病房，脑袋上写满大大的问号。我终于忍不住主动问起了一个和我同样病症的大哥，我说他："医生说不洗脸，两个月。""是啊，不能洗脸。沾了水要烂。鼻子以上，每天早上起来就用帕子沾沾眼角，把眼屎擦擦就行了。"大哥用手划拉了下，给我做了个示范。我看着他那被太阳晒到古铜色的脸，心想就这脸色，烂不烂也无所谓了。我这脸和脖子要是全烂了，我可怎么见人啊？我得找个女人沟通沟通去。

找了一圈没找到。

放疗的计划要比化疗密集得多。每天照射一次，一共三十三次，分布在每周的周一到周五五个工作日，也就是说，整整七周的治疗计划，同步配合着化疗，紧锣密鼓地进入疗程了。

我先生把这两个月称作冲刺计划，在他看来，做完这个同步放化疗的计划，治疗基本就进入尾声了，看到胜利的曙光了。在这个冲刺计划里，我每天都去到放疗照射中心，带上模具进行十五分钟左右的射线照射，就在这里，每天都会在我面前出现一大堆血肉模糊的人。

皮肤有新溃烂的，血和肉连在一起，像刚被野兽撕开；也有不同时间溃烂血肉和结痂深深浅浅长在一起颜色各异的，远看就像脖领上戴了一圈皮套，大夏天看着怪突兀的。近看不敢看，太残忍，阿弥陀佛。但奇怪的是，看多了以后，好像我的心理承受能力也变强了，我会冒出一丝想法：如果我真的防护不当，沾水溃烂了，也不过那么回事。头发能没，皮肤烂了也没啥。只要命在，其他都还好。

放疗科的医生话明显比化疗科多，我在躺上照射机器前忍不住还会蹲在垃圾桶那边吐两嗓子，放疗科医生笑嘻嘻地说："吐吧吐吧，吐是好事。证明药物对你有作用。要是遇到那种完全对药物没反应的病人，我们才真是没辙呢。"

都说医生的作用，是有时治愈，常常帮助，总是安慰。如果一开始，我遇到的肿瘤病房的化疗医生，安慰的话可以像放疗医生这样多，我估计我受到的惊吓要少得多。

生活再一次验证了我的无知。我原以为我在冲刺阶段需要面临的问题是两个月不能洗脸洗澡以防皮肤溃烂，事实证明我根本无暇担心这个问题，因为，开始放疗十天之后，我开始无法进食了。

由于放射的区域脖颈部，正是进食的关键部位咽喉部。食之无味的感觉我很快体验到了，因为射线最开始灼烧的就是味蕾。按照医生的话说，叫野火烧过草原，最开始烧到的一定是野草，然后才是土壤。味蕾密布在舌头上，便是草原上的那一排野草。味蕾烧掉之后，就体会不到食物任何的味道。酸甜苦辣全靠眼睛看到食物的形状来想象。家人看我吃得太费劲，心中焦急，担心营养跟不上，总是敦促我多吃点，口中说着："你别管它有没有味呀，白味你也吃啊！你就想象它有味，强迫自己吃下去啊！"

他们不知道。一个正常人的白味，和一个失去味蕾的人的白味，感受是完全不一样的啊！

不可言说。

很快，射线损伤了器官，我开始无法吞咽，即便是最清淡的稀粥，吞咽到喉部也有拉丝般的疼痛，这让我很苦恼，因为我的胃并没有受到损伤。上面咽不下，但是胃里面空荡荡，饿呀！

但同时也让我得到了某种精神上的解脱，因为食之无味的痛苦带来的不想吃饭，终于从我个人不负责任的行为，变成了我能力上无法满足的行为，从家人的道德谴责中，解脱了。

舌头废了，嘴废了，喉咙废了，可是胃里饿。怎么办？身体没有营养，连基本的每天去一次放疗中心躺着的体力都没有，怎么办？我看着我同期的病友们，二十天，二十五天，很快开始坐轮椅，被人推着进射线中心。一个个骨瘦如柴，我知道，那就是我的将来，我也快了。

二十天，离整个冲刺计划还有最后两周，我已瘦了 12 斤，也"如愿以偿"地坐上了轮椅，被先生推着在放疗中心、化疗中心、病房三个单位之间三点一线的转悠。读书时跑 800 米，跑到 600 米的时候会突然又来一阵体力，往前再冲刺加速，因为看到了曙光，而这一次，曙光就在前方，可我却没有体力冲刺。

长达六个月的漫长治疗如白蚁一样啃噬我的骨头和血液，最后两个月的不能进食更是压死骆驼的最后一根稻草，五个月来一直陪伴在我身边的先生因为我拒绝进食，忍不住朝我发起了脾气，他冲我怒吼："你不吃东西！营养怎么跟得上！你要让前五个月的努力都白费了吗?！"

他吼我也没有用，这不是我个人的精神和意愿能达到的。精神上，我还幻想着自己能坐化飞仙呢，这个破碎的身体不要就不要了。好在人间总有人间的解药，对于吃不下饭的病人，医院里还有营养液一说。PICC 导管没有白置，袖子一撸，导管口子一开，就可以输液了，液体直接到达身体里，胃里充满了饱腹感。奇怪，没有食物进口，胃里依然觉得饱胀，虽然没有咀嚼的快乐，但至少，小命是保住了。

听说佛教里有一个受尽酷刑的恶鬼道，就是眼睛看到什么都想吃，但是手一旦触碰到食物就会被烈火灼烧，所以腹中永远饥饿难耐，是留给上一次作恶多端的人轮回之惩罚。有趣，我现在好像就能体会到这种感觉。如果一个人想要体会一下在地狱受到的折磨，可以去肿瘤病房提前体会一下。

2023 年 8 月 10 日，我完成了最后一次放疗。先生推着轮椅带我出病房的时候，对我说了一句："都结束了。"我不知如何回应，话，肯定是没力气说的，要不要有点其他什么反应？他仿佛感受到了我的心理活动，突然紧张地说："不要哭！眼泪流下来会把皮肤弄溃烂的。这么长的时间就白费了！"

他真傻，我怎么会哭呢？除了入院前我买了一个甜筒冰淇淋坐在我的母校广场里静静吃着的那个傍晚，在整整六个月的时光里，我没有流过一滴眼泪。看到那么多让人震惊和心碎的景象，我都没有想过要流一滴眼泪。不是我没想过，是眼泪这个东西去哪里了，我不知道。它仿佛离我而去，去了九霄之外，留我一个人在地狱看着这一切。

眼泪是肯定人生的表示，说明生活是可留恋的。过去是春天的日子，所以才会有伤逝的清泪。一个行走在地狱中的人怎会有冲动流出泪来呢，泪腺早已经萎缩不见去处。那种一夜看尽苦难的心境，和对于微信上发来的"祝你早日康复"的消息手指固定敲出"谢谢"的麻木全然不能刺激出伤心，反而因为生之疲劳能刺激出一两丝微笑或是苦笑？我不知道。但我知道，对病人来说，笑比哭容易。

苏东坡说"存亡惯见浑无泪"，就是这样的感觉吗？痛痛快快哭一场，会是什么时候？我不知道，可能是我再次回到人间的时候吧。

《钢铁侠》

　　放疗模具的作用是为了病人躺在放射机下接受治疗的时候，固定颌面和胸腔，保证射线可以精准地照射到病灶位置。

　　放疗室的门口有一个放置遗弃模具的筐子，不知是哪位病友，将自己的放疗模具涂画成钢铁侠，并放置在入口显眼处，每天我走进治疗室看到这个模具时，都会感受到几分鼓舞。Iron Man 加油！

结　疗

整个疗程结束后的两个月，因为没有味蕾和食欲，依然进食困难，所以依然继续躺在家里。三个月后，我回到医院做第一次复查，一切检查结果良好，医生给我投来鼓励的目光，赞我谨遵医嘱，恪守自律，所以治疗效果显著。

还不忘了补上一句："大部分病人都做不到这么遵医嘱。遵医嘱是一项难得的技能。"我心想，大概是我在华西病房里修过一堂名为"病人基本修养"的教育吧。见过那么惨烈的死，才对生报以敬畏。

最为诡异的是，因为放疗两个月没洗过脸的我，皮肤竟然没有出现任何问题。我作为一个易长痘肤质的人，两个月来竟然连一颗痘痘都没长。按照女性正常的护肤知识，每天清洁不彻底皮肤就会长痘长斑各种问题频出，而事实却证明并不是。皮肤好像自动吸收了所有的汗水，一觉醒来又以干干净净的面貌出现在镜子里。没洗过脸的脸干净了整整两个月。这一点让我很震撼，原来在脸上涂抹的那些花花绿绿的彩妆才是带给皮肤最大的负担。我们抹上，又洗掉，每日重复，还是依然避免不了皮肤的发红发痒发炎。又花上大量的金钱时间去治疗，护肤，医美，再化妆，遮盖，再卸掉，治疗。

原来大自然并不会为皮肤带来脏东西，我们自己那些自以为是的行为才会。

回到家，猛然发现味蕾好像重新长回来了。野火烧不尽，春风吹又生。当一阵微风吹过，最开始萌芽的那一批野草，又慢慢长回来了。甜味的感官是最早消失的，也是最后一个回来的。最快回来的一个味蕾是酸，以至于在很长一段时间里，我只能体会到酸味。酸是真酸啊！可酸，真是人间至极的美味啊！我含着那一颗只有酸味的菜叶，眼泪突然从我的眼眶滚出来，不是一滴，是一行，两行。随着那股难受的酸味在口中扩散，眼泪像决了堤的瀑布一样从脸颊上流下。

　　眼泪真是人生的甘露。甘露滚落，滋润着那干涸已久的内心。人间，我又回来了，让我放肆地哭一场吧。

一场关于失去与重建的修行

一个人越早超越他对死亡的恐惧，他活的状态就会越自在。

——刘丰

无须宣战的战争

癌症从来不是一次死亡的宣判，而更像是一场无须宣战的战争。当正面交锋时，生不再是理所当然，你需要为自己去争取。

失去的乳房

2020 年，中国乳腺癌患病人数 42 万人，其中 12 万人死亡，位居我国女性发病第一大类。当我查自己病症相关资料看到这句话的时候，心瞬间隐隐作痛，我下意识地用手去摸了一下自己的乳房。这个像小山峰一样的乳房啊，摸上去柔软无力，全然没有年轻时摸到所感受到的那种青春性感的力量感，只是柔软地耷拉着。我又摸了一下自己的脖子，心里涌出一阵庆幸，还好自己的肿瘤长在脖子里，放疗的副作用无非是脖子粗了，短了，黑了，这种变化只要不照镜子都不会觉得刺痛。对一个男人来讲，这种副作用简直就微乎其微等于没有。而乳房就不一样了，不管一个女人照不照镜子，自己身上最亲密的部分总会时时刻刻提醒着你：我在这里。我不在这里了，我残缺着！这种心理的折磨是不依存于镜子或别人的目光而存在的，它就在自己的身体上，挖出了一个大洞，向贫瘠的身体咧着嘴，大叫："我在这里啊！"一个大坑！我瞬间无法控制地一阵反胃，赶紧把手中的资料放下了。

在华西办完住院手续后，我被安排到6楼的头颈肿瘤科，毕竟，咽喉脖子这部位是属于头颈这个上半段的。如果是肺、胸腔、肾或者泌尿生殖系统这一大片区域的肿瘤，病人就会被安排到身体下半部分的另外一层肿瘤科室去。可女性的胸，这么一个刚好处于中间，不上不下，又或说可上可下的部位，并没有专门的一个科室医治，病人通常可以根据自己选择的医生在哪个科室，就去到相应的那一层，这就让乳腺癌这种病症的患者，既会出现在身体上半段的头颈肿瘤科，也会出现在身体下半段的胸肾肿瘤科。即使是在这样的一个分流状况下，在我所在的头颈肿瘤科，乳腺癌依然是进进出出患者最多的病症。一个个年龄各异、被割了乳房的"少奶奶们"拎着引流管散步是走廊上最频繁的景观。排名第一的是乳腺癌患者，接着是脑癌，然后是我这样的鼻咽癌，再然后是一些其他小种类的说不出的病症。

进入病房要过的第一关，便是接受临近其他床的病人和病人家属的询问，他们通常都是带着热烈的眼神看着你，急切地询问你是哪个地方的肿瘤。那种热烈的眼神通常会让人觉得对方询问的不是一个悲伤的消息，而是在等待从你口中说出一个喜讯，一旦你说出自己的病情以后，如果和自己的病情不一样，对方就会喃喃自语地说："喔，是这样啊。"然后便失去了对你的关注。当眼神从你身上挪开的时候，你会感觉自己在这个病房里的可利用价值瞬间下降，仿佛自己作为观赏和药赏的价值都不存在了。如果恰好在病房里有一个和你病症一样的人，那么对话就会自动延续成点对点的沟通，对方会问你两句你的分期情况和用药情况，让突然热烈又冷下来的氛围变得不那么尴尬。

随着住院时间越来越长，每天搬进来新的病友，慢慢地每个人都会对人的模样和病症之间产生一些第一印象的刻板影响关联。中老年男性，大多脑瘤；中老年女性，大多乳腺癌；年轻女性，还是乳腺癌。

于是，作为一个光着头躺在那里虚弱无力的年轻女性，我隔三岔五便会收到来自隔壁病房新来病友的串门问候："小姑娘，哪里的肿瘤啊？乳腺癌吗？"我摇摇头，指了指嗓子，对方一般就会心一笑，说知道了，不想说话就不说话吧，然后呲溜溜转身走了，精神到不行。这些乳腺癌患者的欢乐景象实在是超出我的想象，让人费解。在我的想象中，乳房这样一个最具有性别意味的器官，千百年来承载了人们对女性柔软美丽的所有想象，她遭受了如此野蛮的摧残，被挖出了一个大洞，大家应在家掩面而泣砸掉所有的镜子，从此觉得洗澡都是一种造孽。于是，我对这几个姐姐和阿姨产生了巨大的好奇，准备从自己的床上爬起来，去和她们聊聊天。

爱生气的王小姐

第三次化疗时我住下不久，对面墙角的地方就加了一张床。我们的房间是三人间，同一个方向被塞得满满当当，如果要再加一张床，就只能加在和我们病床垂直的方向，在墙角里再塞一张。这就让走路的通道变得异常狭窄，如果是胖子，可得需要深吸上一口气才走得出去。正因如此，医生进来看了这张窄床，自言自语地说了一句："还不能安排个儿大的进来，我去看看。"

没过多久，果然进来一个瘦瘦小小的女生，30 多岁，正是杂志上鼓吹的轻熟女的年纪。因为身型瘦削，就让那张窄床显得没那么局促了。她坐在床上，显得那床和这人是很轻松就塞进这个狭小房间了。她往四周望了望，很快就发现自己是加塞进来的，挡了里面两张床正常的通道，脸上露出了一点抱歉的神情，又觉没有必要和其他人做解释，就继续一声不吭地坐在床上了。

　　经过了两次化疗的洗礼，我已经觉得入房首先主动招呼病情是一个礼貌又规范的动作，看着我和她近在咫尺的距离，我在想自己要不要主动去招呼一声。她在我的正对面，脸的侧面对着我，眉毛向下自然垂落着，眼皮也耷拉下来，配合侧脸刚到脖颈的短发，在这个年纪，显得还颇有几分颜色。

　　"30 岁出头正好的年纪，是得了什么病啊？"我忍不住又在心里暗暗猜测。

　　电话响起，是她的电话。她接起来，听了片刻，炸珠炮的四川话瞬间响起："我给你说好多遍了，你个人说，啥子事情都办不好！办不好还来给我说，你这么大一坨有啥子用嘛！妈的啥子事情都办不好，你 TM 一天办好了些啥子事情！"这个精气神惊到了我，不只是中气十足，更是颠覆了我刚看见她的那种文静兮兮的模样，我看她生气地把手机往床上一扔，噌地一下站起来，又咚地一屁股气坐回去。

　　我一直盯着她看，实在是因为她就在我的正前方，我的头保持不动是我最省力气的姿势。我一直盯着她，她察觉到了我的目光，转头来看了我一眼，突然觉得有点不好意思，自己从袋子里拿出一个橘子，问我说："吃橘子不？"

我连忙摆手，说不吃不吃。既然第一句打开了，怎么也得礼貌地问候一声，我问她："你是哪里的病啊？"她轻声说道："胸。"可能是觉着声音太小，我没听到，她又说了一遍："乳腺癌。复发。第二次了。"我这个人，一向不擅安慰人，对于刚刚确诊的人，我能想起来的所有语言就是："没事，早点治疗，早点康复。肯定没事的。"而对于这种说"复发"的，我竟一时不知说什么好，竟然嘴上说了一句："那你第一次治完以后恢复得挺好的吧。头发都长得这么多了。"她听完黯然地笑了一下，摸着头发说："假发。"王小姐摸的时候手有些想把头发取下来，证明一下确实是假发，可能又觉得取下来有些过于不堪，手犹豫了几下，又空着放下来了。

我惊讶于她对我说话时的无比温柔，又惊讶于五秒钟前她对电话那头的那股从体内蓬勃而出的暴躁，就这么短短的时间内无缝切换模式，忍不住开始猜测电话那头的那个人是谁？我想，八成是老公吧。

果然，没过多久，一个中年男人走进了病房，中年男人明显比这个女人看上去沧桑得多，但依然能看出他们是夫妻，因为说是父女又实在是太过分了些。从这个男人，我可以判断这个王小姐已经不止 30 岁了，属于保养得当的 40 岁往上的中年女性。男人身型不高，不胖，背略微有些弓，脸上写满了这个年纪该有的沧桑。没过五秒，女人对他的数落又开始连珠炮地落在病房里。"我说你啊……能干个什么事！"女人一手抓过男人手中的塑料袋，开始一边数落一边自己整理起袋子里的东西来。

四川话里有个形容男人脾气好的词叫"耙耳朵"，大概意思就是耳根子软，听女人的话，服女人的话。不过这种耳根子软可不是指"听枕边风"，而是特指在女人河东狮吼的时候依然耳根子软，一点脾气没有。我看这个男人依然默默地在她身后站着，看着帮不上忙，一直没有声响地听着数落，我心里默念了一句：这绝对是个"耙耳朵"了。

　　男人的脸上满是被生活折磨出的挫败的疲惫，老婆的责备也是另一种习以为常的挫败，他的脸上也挂着习以为常的疲惫。在王小姐数落他的二十分钟里，他全程没有发出一声，倒是我听得有点乏了，干脆把身子躺过来准备闭上眼睛睡会儿。

　　耳旁的"连续剧"依然在继续："屋头空调关了没有？不要出门的时候又忘了！上次就忘了，在屋头开了几天几夜！"

　　第二天开始化疗输液以后，两个人面面相觑，话也开始多了起来。这个王小姐就职于一家银行，按理说也是安稳体面的好工作。"这工作和性格有什么关系啊？我从小性子就急。"王小姐说。我说："如果性子急就容易生病的话，那天底下90%的女人都是急性子呢。我也是呢，从小就是。"王小姐回复："是啊，我也不知道为什么啊？这次复发，离上次结疗才三年呢。三年就复发，不算好的状况。"说完后的神情倒不显落寞，只是有几分不解挂在脸上。

　　鉴于病房里的乳腺癌实在太多，我自己也身为一个女性，我倒是很想解密出易患乳腺癌的缘由在哪里。我抽了个空档去到护士站，想着她们会不会见到的样本量大，对此很有心得，没想到我的访谈计划还没开始，就被赶了回来。一个戴着护士帽的粗胳膊护士，在初春的寒冷中露了一对碗一样粗的胳膊，挥舞着对我说："病人出来溜达什么！现在疫情这么严重，快回去戴好口罩！"

就这样，我还没开口，就被赶了回来。我像只小鸭子一样乖乖走回了病床，没过一会儿，来换液体的一个年轻护士妹妹轻步走过来了。王小姐正在电话里数落人，说完又生气地把手机扔在床上，啪的一声。护士妹妹突然笑得咯咯咯，一边给我换水一边头也不回地说："哎呀，还是少生点气嘛。癌症就喜欢生闷气的人。"我像一个水里仰泳漂浮着的人突然抓到水面上的漂浮板一样，一下子翻身来了兴趣，对着护士妹妹问："真的吗？因为生气就容易得癌症是不是？"护士妹妹被我这么正经严肃地一问，吓了一跳，然后又想了想，觉得自己面对病人还是要用更专业的话语来回答，慢慢地用普通话吐出来一句："我们在临床过程中发现，肿瘤细胞喜欢容易生气的人，特别是气憋在心里爱生闷气的人。"

一个小护士的话虽不如专家大拿权威，但面前的王小姐显然是听进去了，又把头低下来，脸上挂着淡淡的忧伤。从我的角度看上去，这幅画面就像是一个标准的电视画面，镜头上播着一个忧伤的女人，画外音读到"癌细胞喜欢容易生气的人，特别是气憋在心里爱生闷气的人"，声画同步。小护士转身走后，我看着王小姐恬静的侧脸，还是不太相信她体内会有着昨天面向她老公时的那一股恶气。在我想象中，爱生气的女人，应该都是河东狮吼那样咆哮着的，我实在很难和面前这位温柔恬静的王小姐联系起来，你要说王小姐平日里的兴趣爱好是喝茶抄经盘佛珠那我是信的。

"不上班的时候，你平时兴趣爱好都干吗啊？"感觉她可能有些被伤到心，为了安慰，我主动打破沉默说了一句。

"带孩子啊。再有点时间就偶尔抄抄心经什么的。"

"果然。我的直觉竟然有点准。"我心里默念着。我又小心翼翼地轻声问了一句："那抄经不能让心里舒服点吗？"

"就是心头不舒服才抄经的撒！"王小姐嘴里嘟囔着。

我觉得很有道理，看看病房这个环境，拥挤狭窄得连把饭盒的几个盖平铺开放成一排都费劲，确实也不适合抄经。

"癌症喜欢爱生气的人。爱生气，爱生闷气。"我脑子里反反复复重复着这句话。我想，接下来几天，抽空我要去隔壁病房看看，验证一下这句话的正确性。

开心的大妈们

中国的大妈是独特到放之全球都堪称一绝的景观，在病房里也毫不例外。四川话里把大妈叫"嬢嬢"，大概就是晚辈称呼阿姨的意思。只要病房里有嬢嬢，就会时常听见四川俚语的各种妙语连珠，像沸腾的火锅一样欢闹，大概是已经过了生儿育女这类女人难言羞涩的一关，对待乳房这样一个已经既丧失了功能性也丧失了观赏性的部位，看待她的离去好像就如同看待自己腰上二两肥肉的离去那样洒脱，聊起来坦坦荡荡，放在嘴里还能当段子讲。

"你是哪边呢？"

"左边。"

"你左边刮干净没有嘛？"

"刮干净了！刮干净了！肯定刮干净了撒，从这边到腋下，这一片全部刮干净了撒。不刮干净还要得！"一个嬢嬢一边讲一边把手举起来做了个手势，演示了一下整个波及区域的辽阔性。看着那挥舞上天的手臂，我没有感觉到那个豪气的手势给我带来的勇气，反而是一股寒噤涌上来，眉头不由得紧蹙起来。

"小姑娘，咋了？你还没刮？"嬢嬢注意到了我在旁边听，扭过头来问了我一句。

"没有没有，我不是乳腺的问题，我是咽喉，长在这里面。"我指了下喉咙，然后咽了口口水下去，停顿了一下，继续说："我隔壁病房的。听你们聊得开心，过来坐坐。"

"喔，来嘛来嘛，来坐。"嬢嬢热情地招呼我坐下，关心我："那你这个咋个弄呢？喉咙里切没有呢？"我说还没，因为医生说这个地方离声带太近，担心做了手术影响以后说话，就没有采取手术，直接化疗放疗的方案了。

嬢嬢们纷纷点头，给我挪了个床边的位置坐下。继续着刚才的闲聊话题，另一个嬢嬢悠悠地说："这切了……真好～"我心里一惊，怎么想还真好呢？嬢嬢继续说："这胸脯有啥用？二两肉而已。切了，保命。这丢了就丢了，和切个阑尾一样。这命留着，每天看看孙女，高兴！"

"对了，你用的啥子义乳呢？前两天还来了个推销的。"

"她那个义乳好贵喔，800元一个。抢钱喔。我自己缝了一个，拿给你们看。"

嬢嬢们纷纷拿出自己缝制的义乳，交流了起来。"你看我这个是用棉花缝的，很软，捏起好舒服嘛。"大家纷纷伸出手来捏了一下，确实不错，松软可口，像面包的手感。但是心里不免升起疑问，这拿在手里捏着倒还不错，但是穿在身上，这个完全没有内部支撑体系的物品怎么在衣服内能撑起一个形状呢，胸脯那二两肉虽然在医学意义上都是脂肪，但毕竟里面也有乳腺在支持和维持着整个胸型啊。果然，另一个嬢嬢开口了："你这个不好，你这个都没得型，你看我这个拿豆子做的，拿在手里质感都不一样，放在胸罩里就很有垂性。来，你掂一下。"果然，这个黄豆做的重量感要好很多，拿在手里我们掂量了一下，基本可以想象放在胸罩里可以很好地固定在胸前，大家都纷纷露出了满意的笑容，继续恢复了欢声笑语。

其实我们年轻人都知道，别说胸部切除，就算胸里填充物品，去做隆胸手术也可以用上好质地的硅胶去轻松完成。即使我们没有填过，也可以想象硅胶的形状和手感是最接近于人体自然的胸部材质的，我搜索过，淘宝上有专门售卖硅胶义乳的粘贴式乳房，再配上一个文胸，也就是几百元一千元的样子，根本不算天价，和病房里每天新产生的动辄四位数五位数的治疗费相比，毛毛雨都不算。大概是嬢嬢们都是上一个时代的人，习惯了节俭度日，觉得只是一个穿在衣服里面的东西，别人也看不见，没这必要花钱。倒是我在这热烈的讨论声中感觉精神恍惚，昨天那个小护士不是说乳腺癌都喜欢生闷气的人吗？我看这帮嬢嬢们性格爽朗、中气十足，胸脯和阑尾一样可以说不要就不要的，这着实也不像是癌细胞会喜欢的人啊，怎么就齐刷刷全出现在乳腺癌病房里呢？

一定是我的打开方式不对。我在心中默念着。

我一定要找出原因。我暗暗在心里下了一个念头，慢慢踱步走回自己的病房。我想要了解病症背后真正的原因，还得做打持久战的准备才行。在接下来的三四天时间里，我在不化疗的间歇里时不时溜达过去，听嬢嬢们聊聊人生。

自己缝棉花做义乳的那位黄姨，家里两个儿子，每每提到她俩儿子，就是连连甩头不停说："哎呀，我咋个这么没得好命喔，两个儿子，一个女娃子都没得。要儿有啥子用嘛，现在一天到黑也看不到个人。儿都是给媳妇儿养的，有了媳妇儿咋会来看娘，都在成都，一年都见不到一回。"然后就开始说房子，说两个儿子结婚，都得买房，把家里的钱都拿出去买婚房了。"大儿子是 90 平方米的房子，现在生了娃又嫌房子小，吵着要换大房子。二儿子房子大点，200平方米，老大天天说我们偏心，给老二买了更大的房子，现在不够用。这也不是偏心的事情，老大那个时候，确实也拿不出那么多钱来买大房子，后来经济条件才稍微好点嘛。家里天天吵房子的事情，吵得气死人。我就给他说，你再忍一下嘛！等我死了，我现在住的这个老房子不就是你的了吗？你把我住的那个房子拿去卖了撒，换钱撒！想买啥子买啥子！"

每每一说到这个话题，大家就要全民上阵去劝她："黄姐你不能这么说啊！什么死不死的，自己的房子那是要自己住的，你不得死，胸割了就好了，好好平安活到 100 岁！"

"哎呀，我给你们说啊！"黄姨开启房子的话题以后就滔滔不绝。我详细了解了她家三套房子的地段、户型、成交价、装修时候发生的各种意见不合的冲突，感觉黄姨应该是个很能干的女性，家里三套房子的选择，从看房到装修，到分配到两个儿子手上，都是黄姨一手包办，大概是房子的装修和功能分区和儿媳妇有些意见不统一，婆婆和媳妇儿现在四目相对成了仇家。说起这事，黄姨又是气得心痛："我都把啥子事情给她做完了！钱是我出的，力是我出的！他们都觉得我做得不好，不安逸呢！"我们又是上阵一阵劝："哎呀，现在年轻人的审美和生活方式肯定是和老年人不一样的嘛，不用太介意，正常正常，不要生气，生气又要气到手术区域不好恢复。"

在后来的好几天里，黄姨都在不断地给我们讲她家的各种冲突，仿佛把这些讲出来，倒在病房里，就把她生活的烦躁一并给倒出去了。看着她霸气的发言，我觉得她应该在进病房前就是这样的性格了，工作中杀伐果断，处理家庭事务也是一手包揽效率极高。川渝地区的女人们确实要强，这是实话。可是妈妈们要强，媳妇儿们也要强，这弄到一家门槛下，确实不太好整。

说完黄姨想说说张姨。大多数的阿姨之所以被叫作阿姨，多数是因为年纪都到了五六十岁，已到退休的年纪，所以生活围绕着儿子女儿房子存款展开，操心孩子的教育婚恋，聊些家里的事情都很正常。不过让我没想到的是，聊事业的阿姨也还不少。有个阿姨在炒比特币，每天都在病房里热烈地给大家讲解数字货币，发展她那个团队的更多成员，各种英文单词特别熟悉，我一个英文系毕业从事互联网行业的人都听得神情恍惚脑子跟不上，感觉那26个英文字母我都认识，但是连在一起再用四川话说出来就是外语，动脑子想一想意思，还是听不懂的英文。

和高大上的比特币阿姨不同，张姨是全病房公认最接地气的阿姨。为啥实至名归呢？因为张姨经营着一家餐厅，餐厅的美团系统连着她的手机公放，所以时不时就会听到病房里响起一阵熟悉又悦耳的女声："你有新的美团外卖订单到了。"然后响起一阵哗啦啦硬币落袋的声音。有时到了中午午餐高峰期，硬币哗啦啦落地的声音让大家听得都不禁笑得合不拢嘴，不停打趣张姨："哎哟！你这个生意好喔！挣大钱喔！"张姨就会开心又带点儿小得意地笑着说："哎呀，哪里哪里，小生意，哎哟哟，好痛好难受。哎呀，这倒霉日子，就靠这个声音缓解点痛苦了……"

到了午餐高峰期结束，差不多2点左右，大家吃完午饭都昏沉沉进入眯瞪的阶段，就会被张姨高昂的分贝吵醒，那是张姨为了不影响大家从病房里走出来走到走廊靠窗的地方去打电话，大概是张姨看完了中午的订单，开始一个个挨着打电话骂员工。"我给你说！我不在现场都晓得你这个菜肯定是……，我都说了好多次了！"因为隔得远，有些话听得清有些听不太清，大家中午吃完饭输完液都眯眯瞪瞪地，时不时被张姨强压但又根本压不住的声音惊醒，大家又转身昏过去，会在心里说上一句："嗯，张姨又在骂员工了……"

随着和张姨聊天深入，知道张姨的餐厅虽然不是成都知名大餐饮，但在自己的那个片区，主要做写字楼片区的白领外卖，每个月也算不错。成都白领加班没有北上广那么白热化，所以写字楼附近的餐饮基本只做中午一顿，到了下午下班的时候，从格子间里成群结队走出来的年轻人就会热情地四处联络，呼朋唤友准备穿城去奔赴某一家在网上新种草的餐厅，而把自己公司楼下的餐馆厌恶地甩在身后。这就是张姨为什么格外紧张中午那一顿业绩的原因，这一顿就决定了全天的生意好或者不好。所以张姨总是专心致志地听着那哗啦啦钱币落袋的声音，然后又专心致志地一笔笔复盘，一旦看到业绩异常就开始疑神疑鬼想要去找原因，按照张姨的话说："这个餐厅是我一手一脚开起来的，离了我，谁都没办法把菜炒好。"

每一次当我的化疗进入第三天，我基本就像一只被按死在病床上的蚂蚱，除了呕吐和上洗手间的时候还能蹦跶一下，其他时间基本都处于动物的冬眠或者昏死状态，所以在我带着好奇心去隔壁病房采访了两三天以后，我的体力就完全无法支撑了，我总是蒙蒙地躺在自己那刚好够翻身的单人床上，思考着这个我在清醒时发下誓言要解开的课题："乳腺癌患者的共性是什么？"我脑子里闪过王小姐、黄姨、张姨，这里面有忧愁伤感的范儿，也有慷慨激昂的范儿，每个人的表象并不相同，但我觉得共性应该是性子急躁，爱生气。与我自己之前想象中的情绪压抑、气压低下不同，乳腺癌患者不见得每一个都是性格内向、历经长期抑郁的小媳妇儿受气包，反而呈现出另一个极端，急躁、重控制、争强好胜。

川渝女人一生要强，即使在病房中也不例外。

偶然在华大基因董事长尹烨的一个采访视频中看到他说，肿瘤的真正问题来自正常细胞在生活习惯中的变异。物理的化学的环境的刺激，或者情绪不好，都会得肿瘤，所以，不论是情绪压抑还是情绪急躁，都处于情绪不平和的两个极端，都同样容易引发正常细胞到肿瘤细胞的变异。所以，要避开癌症的扰袭，压抑和急躁两种情绪都需要调理。情绪平和，与环境和谐共处才是第一要素。

失去的头发

掉发几乎是肿瘤病人最外化的显现特征。得益于大量的影视剧普及，就算是最不谙世事的年轻人，也知道癌症病人要掉头发这显而易见的常识。在我第一次化疗之前，我先生就问我："要不我们先去把头发剃了吧！"我吓得一哆嗦，直接从椅子上跳起来，激动得大声喊："为什么？为什么?! 我头发都还没掉，你为啥要自己给我剃掉啊？给我剃成光头吗？干什么？你要谋杀亲妻吗?"

我先生一脸纳闷地说："我上网查了资料，说是化疗期间身体抵抗力弱，那时再剃头发如果出现剃刀出血，容易引发感染。所以大家一般化疗刚开始的时候就先自己剃成光头了。"

我继续在房间里跺脚咆哮着："剃什么剃啊？这场仗还没打就先自己投降了吗？别人剃你就剃啊！那别人跳楼我也要去跳楼?! 别人干什么我就干什么吗？老子不剃头！老子坚决不剃头！"

突如其来的暴躁吓到了这个身高 1.8 米的北方汉子，即使我确诊生病的那一天，他也没见我这么激动，吓得他连连抓起手机和衣服就往屋外躲，一边躲一边说："不剃啊不剃啊！不要激动。保持情绪稳定。情绪很重要……"

等他出去把房间门关上，我一个人靠在床沿，看着及腰的长发，想到立刻就要失去它们，忍不住想哭。

打我知道自己确诊的那一天，在我不断和各位医生确认这个消息真实性的那些天里，萦绕在我大脑里的想法，盘旋挥之不去的就是："我要没有头发了。"这个想法像乌云一样始终压在我的心里，给我无尽的压力。当我告诉我的哥哥这个消息时，我嘤嘤地哭着："我要没有头发了，呜呜。"他淡然说："那有啥？头发没了就没了，都是会长起来的，不重要。命，命才重要。"从理智上，我知道他说的是对的。头发，掉了是会长起来的。可是在情感上，我依然无法接受要失去我这一头引以为傲的秀发。没有理由，没有原因，我只是感觉到我的心深深陷入黯淡，如果我失去了这个，我的心，一大半都被黑暗吃掉了。天狗吃掉了月亮，它向月亮缓缓一步步走过来了，没有狂笑也没有狡黠，只是按照它自己的步伐，一步一步，毫无表情，朝月亮走来了，它要吃掉她了！

我从未分析过自己对于头发如此依恋的缘由。或许是因为在我的自我认知中，长发是我最外化的女性化特征，又或者说对一直是一个小胸妹子的我而言，长发是我唯一的女性化特征，失去了头发便意味着我失去了对自己女性身份的认同。也或许是因为多年以来我一直对我的脸极不满意，觉得两侧又方又宽，我的长发起到了重要的遮丑作用，按时髦的话来说，就是氛围感多过了五官本身，我对一直帮我"遮丑"这个重要功能的长发充满着深深的感激，失去她就意味着我要把自己的"家丑"赤裸裸暴露在别人面前。也或许仅仅是因为打我从娘胎里出来就没有失去过她，我要失去一个从未失去过的伙伴、家人、盟友。我感到恐惧、羞耻、不知所措。除了在恐惧的压力下嘤嘤地哭，我也不知道自己还能做什么？我躺在床的角落里，手里拽着我的长发，一直抽泣着。

直到睡着。

由于我坚持不剃头发，以及第一次走进医院时对所有剃发理发招牌和广告宣传单的自动过滤和视若无睹，导致我变成了整个病区里都知道的"新病人"，每个来串门的病友都知道，这是个才刚上道儿的"新朋友"。这种外形也让我受到了优待，让我在第一次入住病房时不愿和所有人交流的那种冷漠厌烦劲儿得到了所有人的理解。

掉发的体验很快就来到了我的肉身上。最开始是阿姨扫地时有意无意地说："哎，洗手间怎么这么多头发，拖把不好用，我要用扫把来扫一扫。"然后是我自己在浴池边，在枕头边，在地板上，在我走过的任何地方，开始发现一把一把的头发，但我依然没有感到有什么异样，毕竟，我也是经历过产后脱发的人，这些对我来说也不算什么稀奇。天狗一步一步地朝前走着，直到有一天的早上，如每一个普通的清晨一样，我一如既往地醒来，不经意抓了一下我的头发，我的头发竟然像一团枯草般全部掉了下来。就仿佛它，本来就是在昨晚睡前我戴上的一顶稻草人帽子，它从来就没有长在过我身体上一样。

我本能感觉到一阵不安，立刻冲到浴室去，镜子里的那个人已经完全变成了另外一个人，陌生又熟悉。说她陌生，是因为我从来没有在镜子里见到过她；说她熟悉，是我又总觉得见过这个人，是谁呢？是谁呢？我开始在脑海里艰难地搜索这个结果。

我的大脑像老旧的计算机一样缓慢启动，慢慢在磁盘的数据库里扫描着，搜索着，图像比对—图像比对—搜索……

终于！图像搜索比对成功。那个清晰的形象在我大脑里跳出来，和眼前的镜像完美匹配，周星驰电影《功夫》中的那位终极杀手：

"火——云——邪——神——"

那个前端光溜溜一丝头发都没有的额头，顶中光溜溜一丝头发也没有的地中海，侧边和后脑勺还留着的几丝飘飘荡荡的长不长的头发，再加上那被星爷突然推开牢房门一脸蒙的神情，就是现在镜中的我。一脸蒙，对，就是那样地毫不理解。一个从出生就跟着的东西怎么就生生地离开了我？还是这镜子被施了咒语，被巫术投影出一个完全他人的样子？

我咧了咧嘴，镜子里的那个人也咧了咧嘴；我晃了晃头，镜子里的那个人也晃了晃头。我伸出手去触摸了镜子，是的，镜面是真实存在的，我面前的这面镜子，还在三维物理空间里客观地存在着，真实地存在着，符合着牛顿力学定律。我猛然接收到一个信息：镜子里的那个看上去很熟悉的人，是我，就是我本人。大脑收到的这个信息像一道闪电炸过了我的所有脑细胞，给我的心脏带来了七级地震。我不能接受如此丑的我自己是真的我自己，我突然大声尖叫起来，发疯般地尖叫起来。

再歇斯底里的尖叫也有发泄完的一刻，很快我就把自己叫得筋疲力尽，只能被迫接受这个现实。我先生轻声走进洗手间，征求我的意见："要不要把这剩下的几根剃了？"我颤抖着说："不剃！为什么其他都掉了，就只有这么几根没有掉，一定是有原因的。那是她们的战斗！那是她们最后的尊严！"

在接下来的一段时间里，刚好进入初夏，我就用头巾包在光头上，后面还能微微露出几根没掉的头发，看上去像是长发姑娘绑上的头巾一样。不过好景不长，剩下的这么几根头发也开始一根一根地飘落，这注定会输的战局中，剩下那几个战俘一个个倒下的苍凉实在让人觉得难熬。想想与其等待最后一个膝盖倒下，还不如自行解决了，给它们一个战士的尊严。在一个醒来的清晨，我先生拿着剃刀把剩下那为数不到十根的头发自行解决了，给了它一个光荣的了断。

这场头发保卫战就这么无声无息地结束了，伴随着我毫无还手之力的全程。这一小撮头发，我至今一直保存在我的抽屉里。她们是最光荣的战士，一直战斗到最后一刻。

第二次走进病房的时候，我已经不再是一副不谙世事的模样了。因为我知道，头发的掉落意味着，在任何人的眼中，你不再是一个"菜鸟"，你已经是一个"老手"了。你熟悉肿瘤病房里的每个科室和走廊，打饭的规则，出门的规矩，通知家属陪伴床的铃声，时不时你还得给其他刚来的病友讲一讲如何去见缝插针找医生多聊几句的攻略。

恰恰是这和医生护士套近乎聊天的攻略，让我有了新发现。我发现每每和男性抱怨自己的头发已经没有了的时候，他们都完全无动于衷。不论是我先生、我哥、我公司的合伙人、我主治医师，或是其他朋友，他们的语气都不会有任何一点点的波澜，哪怕是假装怜悯的一丝语调变化都没有，他们都只会淡淡地送上一句："头发嘛，掉了就掉了，掉了还会长出来的。"这种完全无法被共情的感觉让我深感失落，就像是和老公吵架的时候扔出去的咆哮完全没有回应，一拳打在空荡荡的空气里。残缺的失落感得不到一点点尊重，心里出现了好大的一个黑洞。我痛定思痛，决定去找个女医生聊一下。

小郭医生是我主治医生的研究生，在校期间在院内实习，所以一些填报告收集信息的杂活都是她干，连给病人采核酸也是她亲自来干。逮着小郭医生过来给我做核酸的时间，我立刻开始向她倾诉起了我的苦恼，小郭医生耐心地听完以后，对我说："头发掉是好事情呀。"我立刻发出一声奇怪的声音："啥？你说啥？"小郭医生把棉签放到试剂管里，扶了扶眼镜说："其实我们在临床治疗中，不怕病人掉头发，最怕的就是病人不掉头发。"这句话激起了我的好奇心，不禁要让小郭医生讲个仔细。小郭医生说："癌细胞是快速繁殖的变异细胞，化疗的药物进入体内以后，会首先识别迅速繁殖的人体细胞并杀死它们。人体的毛囊细胞本就是快速分裂繁殖的细胞，所以药物进入体内以后，第一个结果就是会迅速杀死毛囊细胞，这就是大家平常看到化疗会导致迅速脱发的原因，与此同时，药物也会识别迅速繁殖的癌细胞，聚集到它们周围去进行杀灭。但如果一个病人用完药物以后连头发都不掉，就说明这药物对病人没有用，我们医生拿着觉得很可怕的，这肯定是个棘手的案例，很不好治。所以啊，宁愿脱发，也不要不脱发呀。 脱发证明你身体还是正常的，药物治疗有效。这不是挺好，早点治好早点出院，头发过一两个月就长起来了，快得很，没事。"说完就拿着取完样的棉签走了。

我在那里琢磨了一会儿，原来还真有不掉头发的人，看来第一次进病房的时候，其他病友说的还是真的。再咂巴咂巴刚才那段话，感觉奇怪的知识又增加了。

接纳了光头这个事实以后，我爱上了头巾，因为在夏天戴上一顶假发，就如同在炎炎夏日戴上一顶皮帽子，热得我常常想把这皮帽子薅下来。但在公众场合把自己的假发薅下来露出灯泡一样的光头，实在是大型社死现场。于是头巾成了一个好选择，透气、清凉还时髦。这样捆着头巾假扮时髦的造型，整整在我朋友圈骗了朋友们三个月，一直到后面化疗彻底摧毁我的身体，完全无力洗脸和出门见人以后才宣告告终。这三个月里，我还留下不少时髦的捆着头巾的照片，时而像波希米亚酷 girl，时而像日本拉面师傅，在不知情的朋友那里，这些朋友圈的照片还时不时引来一批点赞和叫好。我一直珍藏着这些照片，它们都是我人生中不可再重复的特殊"造型"，提醒着我经历的这一段人生的独特时光。

小郭医生没有说错，在整个放化疗治疗过程结束一个月后，我的脑袋上开始长出硬楂楂的毛发桩子，硬硬的，密密的，摸起来硌手。但当我抚摸着的时候，我发现我从未有过那样的感觉，毕竟我打娘胎里出来也不是顶着一头刺头桩子出来的。这种原始又粗砺的感觉透着一股强烈的生命力，让我喜欢得不得了。

美与不美只是人为的标准。经历过这样的病痛才会知道，生命力才是审美的最高境界。从此以后，我爱上了短发。从我 39 岁结疗这年开始，我从一个过往 38 年长发及腰的女孩，彻底变成了一个短发追捧者。

《美丽的花头巾》

　　我接纳了我自己，花头巾成了我最爱的配置，那也是我接纳了患病的我，而患病的我依旧可以美丽如花，就像画里带着花头巾的我与花融在了一起。而光头的我也很自在，正如画中右上角那个小时候的我，来到这个世界，无所顾忌，自由自在。

失去的卵子

病房里除了我正对面的王小姐以外，我的旁边也是一位年轻的女性，现在女性的保养情况都很好，从 25 到 35 岁之间都基本看不出来具体的年龄，趁着她出去遛趟的缝儿我偷偷看了一下她病床前贴的信息，周凌飞，28 岁，鼻咽癌。和我一样，我心里想，又遇见同病相怜的病友了。

由于小飞年龄不大，妈妈还很年轻，妈妈就一直陪在小飞身边照顾。如所有 20 多岁年轻人的生活状态一样，小飞一直窝在床上，戴上耳机沉浸式看剧，时不时发出咯咯的笑声，全然沉浸在视频的世界里，在病房里一整天也不会讲一句话。倒是她的妈妈，除去给她换点滴去餐厅打饭等必备的事务，大部分时间就坐在病房里，一个人这样还是感觉很无聊，就总想找点话题和我聊聊。

"阿姨，这是你女儿第几次化疗啊？""第一次。刚办理了入院手续进来。""你女儿什么时候发现的病症啊？""啊，去年 10 月的事情了。""啊，都去年 10 月了，怎么现在都 5 月了才第一次化疗啊？之前是没排到入院的号吗？""喔，不是，去年诊断发现了以后，医生就问我们结婚了没有？我们说还没有，医生就说先去把卵子冻了吧。免得以后要不了娃娃。我们就先去旁边附二院把卵子冻了，这事给忙活了两三个月，又过了春节。这不，春节过完了，我们才来的嘛。"

我倒是觉得有些惊奇。化疗对人身体的伤害大家众所周知，尤其是女性的生殖系统，更是重度毒素堆积区，严重损害女性的卵巢与生殖系统，影响卵子的质量，进而影响到后续的生育计划。可是这样不慌不忙，确诊以后还花了三个月时间去冻卵，再花一个月时间过春节，整整过了五个月才来治疗的，我倒是闻所未闻。不愧是年轻人，心态是真的好。无知者无畏，我心里暗暗飘过了这五个字。

我想起我确诊之后做完PET-CT报告拿着片子去找医生的时候，医生把片子举起来，在太阳光下左右转动看着。医生眯着眼，对着光安安静静地看着，那种眼神仿佛不像在看一个生病垂危的病人的审判书，反而是在端详一个艺术品，那种感觉和我心里的焦躁形成了一种极强烈的反差，我和家属焦急如焚，面对那看也看不懂一团黑一团白的影像，心里想："你倒是说话啊？你倒是说句话啊！这些片子是个啥？上面那些黑的白的是个啥玩意？这个癌细胞现在是个啥情况？"

医生终于嘴唇动了，慢吞吞吐出来一句："结婚了没得？生了娃儿没得？"这句话实在是把我问蒙了，我心里："我在这里等你说出我病情，我这命还稳不稳，严不严重？会不会有挂了的风险？你来关心我私生活！你一个肿瘤科医生，又不是妇产科医生，我有没有结婚关你屁事！"我压着心里的怒火，如每一个乖乖的病人一样，如实回答："结了，生了。有个女儿。"医生此时已经放下了片子，手上拿起一支笔，眼睛看也没看我一眼的继续问："要二胎不？"我真的又蒙了，这到底是肿瘤科门诊还是计划生育门诊啊？怎么从见到医生递上片子的那一刻起，我就没听到一句关于我病情的话，全是关于计划生育的，是我挂错号走错门诊了吗？我一时真的恍惚了，恍恍惚惚着还是本能地回复了这个问题："暂时没计划。""好吧。你这病情诊断是鼻咽癌，分期大概是N1M3，还没扩散，应该是没有生命危险的。我给你开个单子，你去做个活检送病理科看看癌细胞分型。"后面医生说的什么我已经听不太清了，就那句"没有生命危险"如同天空中飘来的佛祖的声音，一下子击中了我，至于后面我先生和医生就治疗方案聊的所有信息，我都一个字没听清，自然也就把前面为啥医生要问我生不生娃这事的疑虑忘得一干二净。

今天我才弄明白，原来医生是考虑到我要进行化疗，提前了解一下我是否有生育的计划，如果有，就建议我先去冻卵再来做化疗，给后代保持一个良好的基因传承。我想到这里，心里又涌起了一阵对医生的感谢，感觉他的人文关怀还是做得很到位的，属于"人好话不多，社会我李哥"的那种类型。我瞬间在心里给他竖起了五个大拇指。

我的日常工作是在一家从事辅助生殖的医疗集团里面做市场相关类的工作，辅助生殖就是人们日常经常所说的"试管婴儿"，它并不是如字面意思那样在试管里培养出一个婴儿，而是从女方的身体里提取出卵子，从男方身体里取出精子，让精卵在实验室相遇，成功培养出胚胎，再把胚胎移植回妈妈子宫里去。女性冻卵技术是整个辅助生殖技术环节中的一环，如果女方暂时并没有结婚，没有法律意义上的丈夫，也就是说还没有合法的精子提供方，那就可以把女方的卵子单方面取出来在实验室储存起来，保存她在取卵那一刻的生育能力。如果将来她在合适的时候再遇到合适的另一半，可以把卵子取出来，届时和精子在实验室里通过试管婴儿技术做成胚胎，由于卵子是在女方更年轻时取出的已经保存了好的生育能力，所以可以降低遇到另一半的时间过晚从而因为年龄过大胚胎产生畸形和变异的概率。

　　我们在日常工作中接触不到太多的冻卵的人，因为到目前为止，中国法律尚未全面开放给未结婚的单身女性使用这项辅助生殖技术，所以这项技术并未大规模普及，甚至有太多的女性并不知道这项技术的存在。于是我对冻卵的细节升起了无限的好奇，开始了和周凌飞同学关于这个话题的聊天。

　　"我确诊之后，医生就给我说了，说化疗对女性生殖系统的伤害是不可逆的。什么卵巢啊，卵子啊，怎么理解呢？反正那意思，就是化疗之后基本就报废了呗！"

　　"化疗只是在体内输入那些毒液以毒攻毒，它虽然进入我们的身体，但是难道就永远不会排出我们的身体了吗？就像中医讲的可以通过中医药物去毒扶正，或者美容院一些通过淋巴系统排毒的项目，都没用吗？"我不解地问道，"再说，我们女性不是每个月都要来例假，通过例假排毒，难道不能结束治疗以后通过例假把毒素再排出去吗？"

　　"例假？"小飞带着睥睨的眼神嘴角上扬地看着我来了一句，"难道你还有例假？"

　　"喔，那倒没有。从化疗开始的那个月就没来过例假了，到现在也已经三个多月了。"说到这里，我才突然想到，我已经有三个月没来例假了，我竟然已经全然忘了这件事情。作为一个从来不痛经的姑娘，对我来说，已经习惯了自己虽然流血但是也和男生没什么分别的体感。例假只是一个存在于我头脑之中的概念，不是小飞今天提醒，我在医院这么沉浸式的对抗痛苦，早就已经忘了自己自打化疗开始就没再来过例假这件事情。

小飞打断了沉思中的我，接着往下说："当时，我的病理结果一出来，我的主治医生就提出和二院的医生一起做一个联合会诊，当时一院二院的医生们都在，他们会诊完的结果，就是让我先去二院把卵子冻了，再回来做诊疗。我的档案很快就转过去了，二院那边有专门来接我的人，过去做了一套检查，等到第二个月例假来的时候，我就过去走诊疗流程把卵冻了。"

华西二院是华西医院集群里专门负责妇产科的医院，也拥有国家颁发的人类辅助生殖技术诊疗牌照，是成都为数不多的拥有该牌照的医院之一。我们所在的华西一院是没有这个牌照的，所以为了一个病人实现两院联动，还双院医生会诊，这个待遇级别真是高了，我竟在心里升起一丝羡慕来。

"费用呢？你在二院冻卵花了多少钱？""喔，费用不高，一万多吧。"那确实还不贵，比我想象得低得多，我不禁心里暗暗嘀咕。针对肿瘤患者或其他严重疾病患者实施人类辅助生殖技术，以前只是我听说的一个医疗政策，没想到自己有一天会亲身经历，还是以这样的方式。

就在我沉思的时候，小飞的妈妈加入了对话："是呢，你们都是幸运的人啊。你们都还年轻，都还保留着自己的卵巢，就算现在化疗有伤害，以后肯定也是可以慢慢恢复得嘛。很多乳腺癌的，都要被迫把卵巢切了，造孽喔。"说完还偷偷地瞄了一眼旁边的王小姐，怕她听到。不过好在王小姐睡着了，我们说话声音小，应该没有吵醒她。

"嗯，是的，因为乳腺癌是雌激素依赖性肿瘤，大部分的乳腺癌是依赖雌激素生长的，对很多患者来说，体内的雌激素就是癌细胞的'养料'，会促进肿瘤的发展。所以内分泌治疗就很重要，四分之三的患者都需要进行内分泌干预治疗。卵巢是雌激素生产的大工厂，很多医生都会建议切除卵巢，减少雌激素分泌。对了，他们还给这个手术取了个名字，叫'去势'。"我前几天在旁边病房里学到的知识立刻派上了用场，开始给小飞和她妈妈讲起来。

"去势？哈哈哈！"小飞突然开始咯咯咯笑了起来，"我家猫之前做绝育手术，那个兽医就说这是去势。"可能是担心吵醒旁边熟睡的王小姐，小飞的妈妈狠狠瞪了她一眼，暗示她不要再这样笑下去了。年少不知愁的小飞吐了吐舌头，把被子拉了拉，又开始把耳机带上专心看起剧来。

卵巢切除手术对女性患者来讲确实是一个很痛苦的决定，再加上外部形式的切除乳房，这么内外都来一刀，身为一个女性的生物学功能指标某种意义上就都不存在了。这对女性患者来说，确实是精神与肉体的双重折磨。作为我和小飞来说，没得乳腺癌，不需要切除自己的卵巢，还能先通过冻卵保存自己的卵子，是不是也是不幸中的万幸呢？我心中又升起了一份对老天爷和医院的感激。

不知道这样便捷贴心的医疗政策是对国家鼓励生育政策的助力履行，还是纯粹来自医疗单位对于可怜患者的人道主义关怀，我觉得都不重要了。重要的是医生在患者考虑之前先行一步替患者感受，替患者给到了一个可行方案，给患者保存下来一份希望。给患者们依然保留了一份未来可以做妈妈的希望。

阿弥陀佛。

　　逮着第二天主治医生来巡房的间隙，我抓住他就问："主任，我打化疗开始就没来过例假了，已经停了两三个月了。这个大概是要停多久啊？"医生头也不抬地说："因人而异吧。化疗结束后半年到一年，停经两年的也有。看病人各自的代谢情况。"就匆匆忙忙地走了。

　　我掐指一算，按照这个时间，确实可以得出"化疗对生殖系统的伤害很大"这个结论，暂停键得按下一两年呢。

　　事实上，我的整个放化疗过程结疗后三个月，我就恢复了例假，没有医生讲得那么长。大概是自己还算年轻，身体代谢能力还不错，我这么安慰着自己。

失去的容颜

　　病魔最能折磨一个人的容颜，这句话不亲历其中是体会不到的。我们每个人都有过亲人朋友生病的经历，也多少都曾看过病榻上的枯槁，但是我们常常会忽略这种感受。因为老人老去，即使不生病他们也浑身散发着树叶转黄即将从树梢枯萎飘落的那种凋零感，这种年龄渐长的自然凋零会让我们忽略了病魔的蹂躏。而当我们从病房里走出来，踏入人潮中的那一刻，外面万事万物那生机勃勃的脸，会瞬间让你忘却了病房里那死寂的压抑。这种枯萎感哪怕产生那么一瞬间的心悸，也被勃勃的生机像熨斗那样给抚平了，让你察觉不到。

而对我来说，长达半年一直住在病房里，无法走出病房去看一眼蓝天和清风的漫长日子，让我在这个小的物理空间里沉浸式地观看病魔的作品，日复一日，感慨万千。

拜影视作品所赐，大家对于癌症病人的刻板印象大多是脱发，实际上，现实生活中的癌症病人除了脱发以外，最显著的特征是瘦骨嶙峋。瘦得不成人形在肿瘤病房是里最常见的。ICU病床上的老人，皮包骨的手上密密麻麻地扎满针眼，丝毫不见血管或者白花花的肉这类生命迹象，仿佛库房里随意丢着的一块扎着针头的皱巴巴的布料，这种走到人生的终点的枯槁状态，就像灯枯油尽，大家也仿佛觉得本就是生命的规律，接受起来还算自然。可是，当你看到年轻人、壮年人，甚至本该处于生命绽放期的小孩子出现这种状态时，震惊程度无法用语言形容。

在病房里常常看到的，中年人居多。年轻人和小孩也不少。最后才是老年人。所以你总是能看见，痛苦如何在一张张生机勃勃的脸上蔓延，折磨，扭曲，变形，最后对痛苦缴械投降。肿瘤科的最大特色是充满着光头，不论男女老少，不同头型的光蛋都在面前熙熙攘攘，就像拥挤着要去看大和尚上香的小和尚一般。癌症治疗还有一个通病，就是没有胃口，吃不下东西。这个不是病人主观决定的，而是因为化疗药物的原理就是迅速杀死繁殖力强的细胞。除了迅速繁殖的癌细胞以外，毛囊和胃肠黏膜细胞都是活跃度很高的细胞，所以当药物一进入体内，毛发的接口会关闭，胃肠也会发生很大的排异反应。呕吐，没胃口，这是每一个病人都会经历的。即使遇上一个胃口稍微好一点的病人，到了饭点，病房里响起的此起彼伏的哗啦啦的呕吐声，也能让一个正常人难以下咽。油腥味变成了一种罪过，全无了之前闻到油腥就前胸贴后背的饥肠辘辘感，有肉就能干掉两碗饭的气吞山河感。每个人闻到自己饭盒里的油味，又或者别人饭盒里传来的丝丝油味，都紧锁着眉头紧闭着鼻子希望能把那两丝油味从自己鼻子里挤出去，甚至恨不得能像擤鼻涕一样将它强行赶出去，严防死守决不能让那两丝油味再走得深一点，从鼻子里走到喉咙管里再走到胃里，那样的话就不是紧锁眉头能解决的了，那会引来全身不能控制的肌肉抽搐，上半身连着头一起大幅度运动，哗啦啦抓着床沿时刻准备来一阵喷射。

进食成为一个难以避免的困难问题，消瘦和营养不良自然也会随之而来，成为每一位肿瘤病人都必须要面临的艰难课题。药物一边在摧残病人的身体健康，一边又因为自身食欲不佳导致营养补充不足，双管齐下，恶性循环。病人遭受的是双重残害，自然放眼望去难见到白白胖胖之人。在肿瘤病房走廊的墙上，最醒目的位置总是会留给"营养补充指南"。与所有的医学患教资料一样，上面会画着的护士可爱的卡通形象。而在肉眼可见的真实世界里，毫无任何"可爱"两字存在的迹象。上上下下左左右右，充斥在双眼之间的都是消瘦与蜡黄。

在物资丰富的21世纪，你几乎很难在其他另外一个地方看见如此多的营养不良的人。人的肉很快从身上消失下去，但骨骼不会消失下去，这就会让几乎所有的病人都出现一个大头下面插着四根火柴棍的形象，在初春和夏天这样衣着单薄的季节，大家在走廊里缓缓移动的时候，像医生教学实验室里那些个骷髅架，被大学生们穿上衣服安上了螺丝钉，被操作着一路行进着搞恶作剧。空荡荡的病服里除了正在机械移动的两条腿，其他什么都感觉不到。一直到他走到你的面前，对你动了一下，说了一句："麻烦让一下。"才提醒了你这不是表演道具，这是一个活生生的人。

和随意可见的大头下接着火柴腿的组合相比，女性乳腺癌患者在身体上的残缺感反而显得一点都不突兀了。所有人都瘦得前胸贴后背，男女老少都没人有胸部，只有胸腔。所以是否切除，是否还有胸部这个问题在病房里根本不是一个困扰，遭受创伤的女性们也难得可以在这个封闭的小空间里享受片刻的公平和自由感。义乳在这里是多余的。放下义乳的这些时光里，反而可以看到姐姐们脸上露出松弛自然的神情。

很多男性在听说一名女性朋友患乳腺癌之后实行切除手术，便顿觉难以启齿，不便再继续询问，很难想象女性的乳房被切除之后会是怎样地影响美观。稍有教养之人也会极力避免目光在对方的身前停留，不忍再用目光去提示对方那样惨痛的一个创伤。但实际上，只要你在肿瘤病区中待过，你会发现乳腺癌患者根本不是这里的悲悲戚戚掩面而泣之人，脱掉义乳脸上洋溢着笑容与生气的嬢嬢比比皆是，傍晚时分有余力者还能简单把手臂、腿挥挥舞舞找找外面广场舞的遗留味道。那些面黄肌瘦，细长的骨头外面只剩下一层黄皮，硕大的头颅上只看得见两个眼眶，时时刻刻提醒着你癌症这个病魔的可怕。血液病、胰腺癌、脑瘤……一时间汇集都在你的身边。在你还没有和他们开始聊天的时候，外形就如简历用画外音的方式活生生跳脱了出来。

我的旁边床就躺着这样一位。病房里空气流通不佳，男生嫌热，就总是把裤脚挽到大腿上，让整个腿都露在外面，那大腿细得都和我一个拳头差不多，我实在是不忍直视。这人呢，一旦瘦到足够病态的形销骨立，就会自动和"性"及"性别特征"失去关联，男女老少看上去都差不多，不过是一具还在呼吸的躯壳罢了。即使是在他和女友视频有说有笑的时候，我也感觉不到这是个正值壮年血气方刚的小伙子。我微微用帘子把自己的床遮了遮，突然，一阵很久没有闻到过，不应该出现在病房里的不切时宜的香味窜进了我的鼻孔。

　　很显然，这股不合时宜的味道已经窜到了整间病房的鼻子里，大家都纷纷拉开帘子，一起惊呼到："天呐，烧烤！"

　　是的，一份"李不管把把烧"外卖送到了，男生有点不好意思，一边把盒子打开往外拿，一边把手里的烧烤串举起来在空中挥舞了一圈问大家："你们吃吗？"大家看到递来的烧烤，纷纷摇头，做感谢状躲开。一位阿姨面有愠色地问他的妈妈："你给他把外卖拿上来的？你怎么能给他吃这种东西呢？这哪行呢？"他的妈妈身材矮小，皮肤黝黑，看样子应该是一名常年务工的农村妇女，被质问了以后，一下急得面色极为难堪，轻声说道："没办法啊，他就是吵着要吃，他就想吃这个，我也拗不过他啊！"然后干脆走出病房躲了起来。

　　妈妈回避以后，男生吃得就更开心了，也没有人再继续说他，他吃了一口很是欢喜说："我让他多加一份孜然，果然多加了，够味，好吃！"我看了一眼那厚厚的辣椒胡椒孜然粉，又觉不忍直视，有点难过地躺下来。

　　在接下来的六天里，我看到的，男生每天吃的，不是烧烤就是方便面，还有酸辣粉，还有自嗨锅。我一方面甚是感谢工业时代里这些速食食品的发明，可以在人饥肠辘辘的时候予以果腹。另一方面，一股无法抑制的念头又一直撕缠着我的心：是不是我们的病，都是这么吃出来的？癌症的癌，山字头上三个口，脏东西从口入，身体又怎么好得了？

老子的福祸观原理是很概念化的，还是生硬的字面逻辑学，世上事物多的是祸兮祸所伏，福兮福所倚，凡是浩劫性的大灾难，都是祸祸相伏。看上去在吃，看上去在补，可是越吃身体状态越差，越补离生命的健康状态越远。

越吃越脱相。

在生病之前，我从未怀疑过一个女人美的标准：瘦。先不论这个观点是约定俗成的，还是那些时尚杂志或者媒体植入给我们的，至少这个金科铁律从未在年轻女性的世界中动摇过。"好女不过百"，这句话是被我自己的一个下属教育的。当时的她刚毕业不久，嫁了一个收入不错的飞行员，在公司员工聚餐时吃了两口就放下了，大声地说道："我不能再吃了。再吃会长胖的，好女不过百。"留下旁边面面相觑的我们端着碗风中凌乱。

类似这样的观点还有很多，比如"少女和大妈，只差一个腰的距离"，"守住腰就是守住跌落成大妈的底线"，每一句都在赤裸裸地强调着胖与大妈的直接关系。所以在我大学毕业后的这二十年中，一直对"胖"这个字深恶痛绝。连过年回家听到老人说上一句："哎呀，小姑娘长好了呢"都深觉厌恶。因为在老人口中，"长好了"这三个字就自动等同于"长胖了"。

年轻女孩的减肥总是会有很多奇怪的方法，什么手动催吐，空腹剧烈运动，抽脂，打各种瘦脸瘦肩瘦腿针，数不胜数，总是让男性们感到匪夷所思闻所未闻。即便家里的老人或者男友每日在耳边叮咛："胖不重要，健康最重要。"在女孩们的大脑里自动翻译过来依然还是："健康不重要，瘦最重要。"日复一日，如此以往，直到我们失去健康的那一天。

　　与癌症的战斗通常大家会理解为正常细胞与癌细胞的战斗，实际上当走到这段旅程的中场之时，你会发现，要走完全场，靠的全是营养的补给。因为放化疗对人身体的伤害极大，在杀死癌细胞的同时把正常细胞也都基本杀死了，属于"杀敌一千，自损八百"的那种招数。在这杀死正常细胞的过程中，整个消化系统遭到了毁灭性的损伤，人无法按照过往的饮食习惯继续摄入食物。无法摄入食物，自然会营养不足。营养不足，就没法继续生成免疫细胞和白细胞军团去对抗癌细胞，在这个双方对峙的临界点上，如果正常细胞的装备补给没跟上，不仅会打一场异常吃力的仗，还有可能会败下阵来，让前期取得的阶段性成果功亏一篑。这就是为什么很多肿瘤病人在刚开始治疗时效果显著，后期却有可能急速反转，转向急速恶化或扩散，最终没能跑赢病魔的原因。

　　所以在这一场漫长的战斗中，来自大后方的装备补给，也就是营养的支持，异常重要。只要营养补充得当，配合科学的治疗方案，战胜病魔的希望就大幅扩大。如果因为身体原因无法进食，无法得到充分的营养补充，不论怎样的治疗方案，最后都会陷入困境。

　　在我们生活日渐富足的今天，我们的日常生活中已经很难见到四肢如骷髅、只剩下大头在空中行走着，那种火柴娃娃般的形象记忆中都只出现在一些博物馆里的黑白老照片中。所以，当在肿瘤病房里集中看到如此多的形象时，实在是从灵魂深处冲击了我的认知，让我走廊里散步的脚步也不免沉重了几分。

这彻底影响了我的审美的变化。我从未觉得浑圆的腰杆粗壮的大腿、宽厚的臂膀如此美过。以前这些完全和"美"八竿子打不到一处的事物，突然都变得美丽了起来。那些肉虽然松垮，但至少它们还没有背弃主人而去，还和主人的骨血融在一起。

感官的关闭是从疾病开始的瞬间开始的，就像药物行走至各个血管末梢之处，但凡到达之处，狼烟四起，毛囊细胞瞬间关闭，毛发脱落。而对内心来讲，感官的关闭却仿佛在特殊时刻给人挪出一个空间，在这个空间里四处巡看，却能创造出对生命的一个新觉悟。生老病死，老和病是对生和死的演练。病去的时候如何期盼着生，就是提前对老去和凋零的排练。从未如此体会到"生气"这个词的含义，从未如此想见到女儿的脸庞，即便她依然在毫无对话不理事理的前提下哇哇大哭。"生之气"，如一股玄妙的气息被抽离出那栋既安静又嘈杂的住院部大楼，盘旋在头顶的天空上，蜷缩成了丝丝白云。浮云若气，偶尔飘荡着，飘荡着，飘过那个西南地区最负盛名的医疗单位。

没有看过朽木自腐，就不会赞叹灼灼之花。即使诗人在"生如夏花般灿烂"之后接着发出赞叹"死如秋叶般静美"，几人又能做到对待肉体的萎缩变形静且美呢？那些都只不过是站在生之角度发出的对死的臆想而已。

　　人在生病之后，不仅人生观，连审美观都会发生巨大的变化。静美和灿烂，给你选，你要什么？你只会想要灿烂而已。从此，我开始接受了胖的存在，我发自内心的认为胖女孩是美的，她们展现出人类肉体的力量，洋溢着生命力的光彩。

失去的 EGO

在癌症里你很容易活明白。当一个人靠着床沿毫无力气地瘫着，像造物主丢下的一团没和的稀泥，想形容自己为"行尸走肉"却发现自己既不能行也不能走，就剩下尸和肉，真是无奈又迷茫，心酸又苦笑。没有了工作计划和人生规划马不停蹄地大量刺激，大脑像水库，潮水退去，石库下露出三个巨大的鹅卵石，粗砺混白，定睛一看，是那隐藏至深的人生三连问："我是谁？我从哪里来？我要往哪里去？"

在我们成长的过程中，这样的生命之问总是会时不时自动浮现，可忙碌，忙碌这个人间之神总是会善解人意地把我们及时解脱出来。忙碌的求学，忙碌的工作，忙碌的加班，忙碌的挣钱，忙碌的社交，忙碌的周游世界，总是会在人生的各个阶段恰到好处地让我们忘却。我伸出食指，用力按压了一下自己的皮肤，这个感觉，这一瞬间可以被称为"生命"的感觉，上一次是什么时候，我竟然已经无法记清了。回想我在记忆中储存的关于"时间"的记忆，里面都是些什么呢？

我闭上眼睛，让自己完全地沉浸黑暗之中，让自己的想法像一只小鱼游出自己的大脑，游到那个茫然诺大的记忆森林里去。童年应该是快乐的，可童年的时间没有界限，不知道童年过了多久。

等生活在皮肤上留下强烈刻印的时候就已经是痛苦的记忆了：初中三年高中三年为高考而努力，千军万马挤独木桥，桥在哪里，不知，千军万马在哪里，不知。只知道自己夜夜灯下苦读，以寒窗苦读奋斗的名义美化逝去的少年四季。大学是快乐的，但快乐总是短暂的，眨眼毕业再次被丢进奋斗的赛道。职场真苦啊，处处是竞争，门门是奋斗，当你是年轻人时，身穿套装手提 LV 的职场丽人前辈姐姐们激励着你；当你穿上套装买入人生第一只 LV 时，假期在欧洲逛展上天开飞机下海潜水的高管生活激励着你；当你在海中潜水还不忘黑莓手机中的邮件时，一年拿风投三年套现实现财务自由的同辈年轻人的故事激励着你；当你投身创业以不错过时代风口为由以 996 为福报时，凌晨 5 点起床看一个城市的风景一年 365 天不休息的创业 CEO 故事激励着你；奋斗，怎么会幻化出那么多的模样，总是精确无差的在你前方，像塞壬一样妖娆又神秘，用迷人的歌喉吸引着水手不自觉地向前靠近。

我们一生忙碌，把不可再得的光阴消磨在马蹄铁轮，以及无谓敷衍之间，整天打算，可是自己不知道为什么这么费尽心机而奋斗，为了要活着用尽苦心来延长这生命，却又不觉得活着到底有何好处。

我们往往期待工作能带来比薪水更多的东西，能带来人生的意义，但工作终究只给许多人带来失落，暮气沉沉的中年。好几百万人进入不惑之年时，并非踌躇满志地觉得自己正处于春秋鼎盛、事业的最高峰，反而感觉被困在牢中。困在失去挑战性的工作中，困在濒临毁灭枯燥乏味的婚姻中，是自己二十年前某个决定的受害者。

奋斗虽好，可奋斗就是生活的意义吗？我不知晓。

竞争虽必要，可竞争就是人生的本相吗？我也不知晓。

我只知晓，如果奋斗让我们对生命本身的照顾都忽略了，那么生命只能用一种极为惨烈的方式来提醒她的存在，来告诉你："我在这里。"

比如现在，完全无力说出一句正常话语的我。

当你什么都不做时，你才发现自己原来是可以什么都不做的。是 EGO，而不是真正的你自己，推动着你自认为不能停下的脚步。

打我生病入院以来，母亲每日在家帮我做饭，父亲用饭盒装好坐公交车到医院来给我和先生送饭，一日两次，风雨无阻。老年人下雨也舍不得打车，总是会用他的老年卡免费坐公交晃晃悠悠摇到医院来。看到他中午在烈日下晒出的汗珠，在雨天被淋湿的衣角，一个念头强烈地升出："我希望他不要给我送饭了。"退休以后的日子，本是中国人一生中唯一能和入学前相媲美的一段不多的自由时光，我希望他和母亲可以过得自由自在，不再为任何的社会义务牵绊自我的时光，包括照顾生病的我。

可我无法说出口，因为我知道，在父亲的心中，他所能做得不多，没有什么比他还能给女儿送一顿家里的饭菜更大的事情了。

如果推动我们马不停蹄的脚步的，不是我们想要出人头地的EGO，不是我们会被竞争淘汰的恐惧，而是发自内心的爱，这一路的征途，对中年人来说会不会不再荆棘遍地而是鲜花沿途。

当你做不了任何事情时，你才知道自己想要做什么。

在药物的作用下，无尽的虚弱弥漫着身体，无尽的虚空也弥漫着大脑，没有欲望，连对生的欲望也没有，因为对生的欲望极费体

《回首》

　　当身体破碎时，就如同破碎的岩石。岩石是被一头黑色的北极熊硕大的身躯压垮的，破碎的岩石中，光从缝隙中透亮进来。

力。我拿起一个手边的笔记本，想写下康复之后的愿望清单，来刺激自己的生之欲望。爱马仕？开个公司？上市敲钟？两个爱马仕？全然无感。笔停留在纸面上，写不出一丝痕迹。

疾病的面容开始变得眉眼模糊，却又看上去和善了起来，它本长着一张撒旦的脸，却在凶狠的五官中流露出和蔼可亲的神情。它张开双翅，带着一个无比合理的理由，带着我们脱离地面，脱离社会竞争的光怪陆离之圈，我感觉自己的身体开始飘浮起来，被一个白色的热气球带着，越飞越高，远离地面。地面上的一切，比较、评价、期待、恐惧都离我而去，越来越远，越来越小。热气球上升到空气稀薄的大气层，稀薄的空气让大脑愈发空白，在空白里，充满着平和安详的解脱。

自我消失，原来是如此美妙的体验。

生命的本真，简单到一个愿望都写不出。

有人说西游记的主角之所以设定为一只猴子，就是因为这种永远在抓耳挠腮无法安静的生物像极了我们的心灵，心猿。三十九年被抽打无法安定的内心，竟然随着地狱的恶魔或死神在鬼门关前平静下来了，当生命击碎了所有外在的评价系统，回到世界之最初，澄亮明澈。

狂心顿歇，歇即菩提。

痛苦的力量 I

破碎的身体

当你面对死亡时，就会发现你不会再认为死亡仅仅是虚无主义者用来证明伟大的虚无的佐证而已。它确实就真实地存在于那里。以前，你认为它极其遥远，就像北极的冰山上伫立着的巨大的北极熊，就算冰川融化，北极熊也永远不可能走到你家的门口，叩响你家的门铃。而现如今，你打开门，就看到那只硕大的北极熊站在你的面前，堵着你家的门口，肥大的身躯宛如一座小山。要命的是，他还不是如卡通片里那样雪白光滑的，它浑身黝黑，像吸引光线的黑洞，一大片光明在你眼前自动消失了，压得你喘不过气来。

我们最初收到死亡的存在感通知书，都是来自医生，医生通常都会异常冷静地用医学术语告诉你治疗方案与治疗效果，不带有任何感情。这让我们要花费一点脑力去理解医生所表达的医学术语的含义，再模模糊糊地去揣摩这套词语对应到我们日常的词汇里是什么意思，是乐观还是悲观，是好消息还是坏消息。这个过程已经花费了太多我们的脑力，这时我们通常都只能感觉到它厚重的存在感，而非压迫感。开始有压迫感的时候，是你发现你身边的人看你的眼神不一样了。有关爱，有怜惜，有难过，有不敢和你对视，各式各样的都有，但无一例外，这些眼神都在无时无刻地提醒你，你和以前不一样了，你和他们不一样了。你不再是个正常人了。

《门口的熊》

　　我的身体本来与"我"是一体的，无忧无虑的北极熊，和小女孩都戴着一样的花头巾。突然，身体的病痛让它变成了一头巨大的棕熊，虽然也戴着同样的花头巾，我却不认识它了……它就那么突然地变了，站在我的门口，大到无法接受。

而真正明晰明确地告诉你，"你不再是个正常人了"这样的一句话的，既不是医生，也不是周围的亲人朋友，而是你自己的身体。

身体对你说："我就是那头黑色的北极熊。"

山河破碎不是灾难，是大屠杀

好像没有什么途径比用自己的肉身去面对放化疗时的那种感受，更能理解"国破山河在"这句诗。一大批敌军涌进来，身体的长城一秒钟就破防了，你丝毫感觉不到抵抗，只能感觉到蔓延的连天战火。从毒药顺着输液管进入身体的那一刻，体内的血管、小血管、毛细血管，从大动脉到每一个毛细末梢，你都感觉到战火。没有白天黑夜，野蛮人在体内的大街小巷里打着火把无所惧怕地肆虐横行着，把你烧迷糊了，你就睡会儿，靠时间的遗逝来忘记它的存在。醒来，你不知道敌军已经在哪个小巷安营扎寨，你模模糊糊地感受到，山河还在，即使是烧杀抢掠后的断墙残垣，但是他们还仍然在那里。你想要深层地感受下幸存者们的准确地点，一阵恶心呕吐涌上头来，身体连发不间断地呕吐，让你又完全没有一丝余力去和他们照面。

国破山河在，城春草木深。"已经没有草木了，都烧没了，烧没了。"我喃喃自语着，闭眼感受着这山河破碎的悲凉。液体从左臂内置的PICC软管流入体内，可以很明显地感受到一股冰凉的液体流入体内，就像冬天的小河，有一股凛冽的寒冰汇入了大海，可是大海却没有能力包容它，将它暖化。它的入侵，将瞬间一大片海变成冰河，血管里冰冷地长出刺来，刺痛着每一个感官细胞。

想动动大脑吧，可已经动不了了。是谁想着在住院化疗的时候还能看看书，借这个时间休息一下？真是荒唐至极。当山河破碎的时候，哪里能有力气安放得下一张怡人的书桌？举上白旗也不行啊。我尝试性想举起一张白旗，扭头看了看放在病床旁的小书《禅者的初心》，这是一本很小很薄的书，来自日本僧人铃木俊隆，由于是日本僧人用英文写作的，又翻译成中文，自然词语极其简单，用词几乎等同于小学生可以阅读的中文水平。入院前我以为自己输液时看这样的一本小书，不费脑子随便翻翻就打发难熬的时间了，哪知道现在，翻开一看，那些小学词汇都张牙舞爪地立在纸上，大声吼叫着："你一个伤兵，有啥面目来见我啊?!"我怎么看都觉得字是立起来挥舞着刀剑在冲我喊叫的，嚣张十足，和我以前用上帝视角去审视他们时他们的乖巧服帖完全不一样。果然是人残了弱了，谁都可以欺负。我只能默默地关上书，厌恶地丢到一旁，继续闭着眼体会体内的大屠杀，眼泪默默地流将出来。

细胞战士不断地丢盔卸甲，舍弃城池。药物走到的身体的每一处，都是一幅烽火残垣的惨象，走到胃里，就引起一阵反胃呕吐。军队再入侵一遍，再呕吐一遍。就这么一次次、一遍遍地反复沦陷着，甚是悲凉。想起之前听过的一句话："衰老不是灾难，是大屠杀。"是的，完全正确。生老病死，老和病是对死的演练。当我们老去的时候，细胞就这样凋零着，一排一排的战士，丢盔弃甲着，战火烧过他们曾经捍卫一生的疆土，他们无能为力，就这样亲眼看着破碎的江河。

我瞬间看见了老去和死亡的现场，我在壮年的时候来了一场这样悲壮的演练，让我清楚地知道当我凋零之时，我的肉体，城墙和山河是多么地弱不禁风。唯一的差别是，现在还是国破山河在，那时，山河就真的不在了。

一个本就一贫如洗的国王，死伤了几亿个臣民，失去了自己的疆土，只在一秒之间。悲凉和痛苦一起涌上心头，泪水和胃液一起出来。

空无一卒的骄傲

脑子动不了，只能用手指机械地向上刷着短视频。看了些什么也不记得，只是觉得太难过，一定要找点东西分散下自己的痛苦。恰好刷到华大基因的创始人尹烨，在短视频里说："低血糖的时候人是不能思考的。你们可不要高估自己。"这不就是在说我嘛，低血糖时都不能思考，更别说我现在这种极端时刻，这句话反反复复地在我耳边出现。有意思的是，我在化疗之前，甚至是不知道这个道理的，我以为化疗就是输液，输液就是不用去公司上班，不用工作，可以休息。休息就是可以看看闲书，把之前因为工作落下的阅读计划捡起来，是另一种意义上的休假，看来我的确是太天真了。

按照这种反应，这应该是我有生以来生过最严重的病。我把这句话告诉我先生，他白了我一眼："你都癌症了，这哪只是你有生以来生过最严重的病啊，放在人群之中这也是最严重的病啊！"

我听到这样的话的时候，心里总是反感的。从确诊到现在，我都一直不能接受"我是癌症病人"这样的说辞，虽然这是事实，但我在心里，我耳里，我自动屏蔽了这字眼。对自己，对家人，对医生，我都会说："我是一个肿瘤病人。"仿佛用了"肿瘤"这样的字眼，会比用了"癌症"这样的，对病情有所缓解。在我心里，说我是一个肿瘤病人，即使我的身体里已空无一卒，我依然还有高贵的头颅可以向敌军宣战。而我如果说出：我是一个癌症病人，那才真是垂头丧气输得什么都没了。

人活一口气，我坚决，在口头上不承认自己是个癌症病人！

关于癌痛

癌痛是几乎所有肿瘤病人都要面临的一个问题，对一个在入院前完全没有查过任何资料，也没有任何知识储备的人来说，我并不知道这个词的存在。但当我走近病房的第一眼，我就发现，每面墙上，每个角落的拐角处，每张床的床头，都贴着一张彩色的横幅小纸条，上面写着：癌痛程度分级对照表。这张彩色的横幅小纸条是在病房里出现频次最高的东西，远比"肿瘤病人营养注意须知"这样内容的多得多，让我不免多看了好几眼。

那是一张卡通的绘画，随着疼痛分级的量值越高，颜色越深，旁边站着一个卡通的小护士，看上去萌萌的，一点都不可怕，好像是幼儿园的老师拿着温度计问："啊，张开嘴啊～小朋友你痛不痛啊～"

我没有往心里去。过了一会儿，护士妹妹拿着厚厚的一叠纸进来问询登记身体情况，其中一张表就是疼痛的程度问询表，护士直接问我说："看看这张疼痛对照表。你现在疼痛状况是几级啊？"我被问蒙了，几级？啥意思？护士妹妹看我完全一副理解不了问题的样子，重新问了一遍："你痛不痛？身上痛不痛？有好痛？"

我慢悠悠地说："我不痛啊～"

护士说："新病人吗？你这不是已经做第二次治疗了吗？不痛吗？"

我说："我还好，可能我对疼痛的忍耐能力比较强。"

护士看了我一眼，说："行，那我之后再问你。如果痛就给我们说。"转身走了。

不一会儿，我的主治医师郭医生来问床了，我请教了她一下关于癌痛的问题，她对我说："癌痛是最常见的肿瘤相关症状之一，约四分之一新诊断的恶性肿瘤患者、三分之一正在接受治疗的患者及四分之三晚期肿瘤患者合并疼痛。癌痛与非肿瘤相关性疼痛对每个人的影响不太一样，感受也不太一样。"她推了一下近视眼镜，看着我又接着说："不过常见的肿瘤里，肺癌骨癌都会伴随比较难忍的疼痛，你这个鼻咽癌还好，可能也不会怎么痛。不过如果痛就告诉我们，诺，那里是分级表。"她又用鼻子往上指了一下墙上的彩色贴条。

"简直了！"我心里念道。如果我都已经疼得受不了了，我怎么还能有心力分辨我疼痛的层级呢？那我就不就只有"疼得受得了"和"疼得受不了"这两种选择吗？这个1—9分级数字是个什么鬼？

一点也不体谅病人。"无语。"我嘴上咕哝了一句。

白天的时间总是静悄悄过去，刷刷手机迷迷糊糊睡会儿觉就结束了。医院晚上 9 点开始发家属陪床用的简易折叠床，接着就每个病房开始关灯，这样很快就进入黑夜。在黑夜里还继续玩手机亮屏的人不多，病人和家属大多都会选择早早睡觉，来打发这难熬的漫漫长夜。黑夜里没有光线，也就让黑暗变得异常寂静，白天里听不到的病人痛苦的呻吟声开始在晚上蔓延开。"哎哟……哎哟……哎哟……"

"噗齁——噗齁——噗齁"不知哪床的鼾声也开始规律性地传来。一个夜晚，就这样开始在疼痛的呻吟声和沉睡的鼻鼾声接连交替的背景音下开始拉开了它的大幕。

疼痛其实是癌症患者最为恐惧的症状之一，如果是说病灶是一种存在于医生嘴里躺在照影片子里自己还摸不到触不着的无形存在，那么疼痛，就是无时无刻在你的皮肤和骨头里提醒着它的存在的恶魔。癌痛是一种疾病，而不单纯是一种自己切肤感受到的临床症状。这种不愉快的感受，"疼"侧重躯体，"痛"则更多表达的是心理感受，癌痛是最为复杂的疼痛问题，肿瘤的生长、疾病的进展以及针对肿瘤的治疗都会引发疼痛的感受，癌痛就像肿瘤君的一把利剑，在敌军首领的手里挥舞着，叫嚣着，不断打击着癌症患者治疗的信心。

我第三次入院化疗时，隔壁床进来一个骨瘦如柴的年轻男孩，看着不超过 30 岁的样子，身体瘦得就和新闻照片里看到的旧社会民工一样，说皮包骨都不够准确，在我的眼里几乎连皮都看不到了，我只看到一堆躯骨在我面前移动。起身，下床，去洗手间，然后回床，又躺下，每个动作的剪影都像 X 光片里的骨头在移动。虽然他看上去状况不太好，但是他仿佛并不知道自己是一副骨瘦如柴的样子，依然和大家有说有笑。他每天最开心的时候，就是和女朋友视频电话的时候，手机屏幕只照出脑袋，也不觉得身体的消瘦多么刺眼，两个人家长里短每天都能说上个五分钟。他是白血病，而且是第二次检查，医生查房的时候和他讨论病情，为难地对他说目前还没有明确的结论，但是怀疑肿瘤细胞已经转移到骨髓，确诊的话需要做骨髓穿刺。在接下来的三天内，他每天反复做骨髓穿刺连续做了三天。

做骨髓穿刺需要把衣服裤子都脱下来，毕竟我和他都是适龄男女，他的妈妈第一时间会把简陋的帘子拉起来，避免让我看到。帘子拉起来的时候，我望着那蓝色帘子上弓起来的背影，想了想"骨髓穿刺"这四个字，从背上穿过去吗？取骨髓？不由得打了一连串寒战。

帘子打开，护士做完穿刺走了。我怯生生地问他："这个，还比较快，应该很疼吧？"

他哈哈一笑说："我都做好多次了，习惯了，是疼，但还好。"然后神情暗淡下来说："比起癌痛来说，这算不了什么。"

果然，入院的第二天，当护士拿着本子来登记他癌痛分级的时候，他竟然可以准确地回答一句："7级。"7级，7级，我抬头看了一下那张分级表里极限值是 9 的贴条，在脑袋里脑补了一下 7 级的感受，又瞬觉没有参照物脑补不出来，如旷野般空空荡荡。于是我大声问了护士一句:"那生孩子那个痛是几级疼痛啊?"

护士头也不抬地回了我一句:"分人。六七级吧。"

我明显感受到护士的敷衍,于是想还是等着小郭医生来了以后再问她这个问题。果然,小郭医生扶了下她的眼镜片,用她认为足够匹配得上她学历及专业程度的话回答我这个问题:"没有经历过癌症治疗的人,对癌痛的感受缺乏了解。确实有人拿分娩的痛与癌痛做比较,认为癌痛的程度可能不如分娩带来的痛。但这种说法并不准确。

"首先每位女性在分娩的时候对疼痛的感受是不一样的,有些人不怎么痛,像排出大便一样就把孩子生出来了,但有些人会形容为上刀山下火海,把身体撕开散架的疼痛。但这些都是形容词,都是一个人对于自身感受的形容,并不能代表医学上分级的准确。从疼痛专科领域的划分标准来看,刀割皮肤(剖宫产)的疼痛达到 6 级,女性分娩最痛可能会达到 8 级,离 10 级剧痛还有些距离。可是癌痛,却真的有可能达到 10 级,甚至是 12 级。

"我国肿瘤患者中,接近 65% 都会伴有不同程度的疼痛,其中 20% 为重度疼痛,正在接近或者已经达到 10 级疼痛。特别是晚期的肿瘤患者,很多正在承受 10 级剧痛。他们遭受的癌痛非常人所能想象。这种疼痛,会让患者无法入睡、思维不清、人格改变,不顾一切只求能止痛。而如果癌痛无法得到缓解,可能会令患者产生轻生念头,甚至付诸行动,出现自杀行为。对他们来讲,一直被癌痛折磨,不如一死了之,反而得到了解脱。"

说到这里,小郭医生好像觉得后面的话又显得不太专业,带有了自己的情绪和观点，她吞了下口水，立刻补充说："所以，我们都会密切监测每一位患者的疼痛情况，给予口服或者静脉的用药。用药物去帮助患者控制疼痛，缓解患者的痛苦。"

我听懂了她的解释，然后继续问她："我看我这个肿瘤到目前为止还没有出现癌痛。那什么癌症会癌痛得比较厉害？"

话音刚出，还没轮到小郭医生回答，病房里就已经开始七嘴八舌响起了其他病友的声音："胃癌啊！恼火得很！""肺癌，痛啊。我家那个痛得死去活来。""关节，我关节也痛。哎呀，关节痛了好多年了，现在一医病，更痛了！"

"是的。"小郭医生正声开始说话，止住了病房里其他病友四面八方的声音，小郭医生说，"肿瘤浸润，肿瘤细胞会压迫到其他组织，引起剧痛。比如胃癌晚期带来的疼痛，让人难以忍受。同时一些药物或者炎症也会引发患者的疼痛，或者加剧他身体里本来就有的症状疼痛感。不过和这些相比，还是第一种，肿瘤细胞的压迫最难以忍受。"

"是大屠杀，是大屠杀啊！"我心里开始默念着这句话，难过得安静下来。这熬人的病魔，怎么就这么多十八般武器折磨人，用火烧，用毒药，还要用狼牙棒这样的大棒来敲打你让你疼痛，这是怎样的地狱才能炼出这样恶毒的魔神，上天是把所有的诅咒都放在癌症这一个魔神头上了吗？我揪心地胃疼，化疗的"效果"又恰好适宜地涌上来，我又抱着垃圾桶哗啦啦吐了一桶。

关于癌痛治疗和分级表

癌痛，有时候比死亡还令人畏惧。反观分娩痛，倒是很少会令人产生求死的念头。所以，我们可以认为癌痛会比分娩痛更痛。

癌痛为什么那么痛？

癌痛主要分为 4 类：

Ⅰ类肿瘤引起的疼痛肿瘤浸润、压迫到其他组织，会引起剧痛。比如胃癌晚期带来的疼痛，让人难以忍受。

Ⅱ类药物引起的疼痛有一些抗肿瘤的药物可能会引发炎症或其他问题，使患者产生疼痛感。

Ⅲ类肿瘤间接引起的疼痛肿瘤会令患者免疫力变得低下，使许多疾病有机可乘，比如带状疱疹、骨关节疼痛等。

Ⅳ类身体其他疾病带来的疼痛肿瘤会降低患者的疼痛阈值，使其他原有疾病如痛风、关节炎、椎间盘突出等的疼痛感变得更加强烈。

在 4 类癌痛中，Ⅰ类最折磨人。当然，还有一种更可怕的现象，便是患者身上同时出现上述几种疼痛，让患者备受煎熬。

癌痛，是非患者难以想象的。但如果往后自己或家人不幸遭遇（只是说如果），请记得一定要进行科学的镇痛治疗，让患者少受些癌痛的折磨！

乔布斯的小诗

2010 年 9 月 2 日晚

乔布斯胰腺癌治疗晚期，距离他逝世一年

Steve Jobs

September 2, 2010 11:08PM

I grow little of the food I eat, and of the little I do grow I did not breed or perfect the seeds.

I do not make any of my own clothing.

I speak a language I did not invent or refine.

I did not discover the mathematics I use.

I am protected by freedoms and laws I did not conceive of or legislate, and do not enforce or adjudicate.

I am moved by music I did not create myself.

When I needed medical attention, I was helpless to help myself survive.

I did not invent the transistor, the microprocessor, object oriented programming, or most of the technolody I work with.

I love and admire my species, living and dead, and am totally dependent on them for my life had well being.

灵魂的折磨

正如尼斯所言："生命本身就是处在某种程度的癌前状况。"就像树叶凋零，总有凛冬临至、树叶凋零的那一天。

我不知其何时开始，也不将知其何时结束

对癌症病人来说，当确诊病因之后，通常面对亲友们，都被会问上一句："你是怎么得上的？"

这个问题堪称天下第一号难题，因为面对你的第二号难题："治疗方案如何？"如果病症各指标清晰显著，主管医师会给出自己建议的清晰方案。可如果问上患者本人一句："这是怎么得上的？"这个问题通常都会让患者本人绞尽脑汁，搜肠刮肚把自己的生活习惯往前翻个十年，然后也含含糊糊吞吞吐吐说不出来个啥结果。

常年吃垃圾食品？熬夜？爱生闷气？过度肥胖？暴露在装修环境中？家族遗传基因不好？每一个因素都会在脑子里旋转好几遍，但是有这些生活习惯的人太多了，不存在每个因素的必然因果关系。熬夜的人多了去了，怎么别人用了熬夜神器护肤品一抹，依然神采奕奕，自己就生病了？吃垃圾食品的多了去了，哪个年轻人不吃？可乐炸鸡加奶茶，怎么别人吃了依然腰肢纤细，自己就入院躺下了？我脾气不好？我那个50多岁的单身女上司才更是更年期女魔头，怎么她还没癌症我一个小姑娘先癌症了？这些真是说不清楚的。所以医生通常都不会问你这个问题："怎么得的？"因为他知道，你

也回答不出来。

我们人体每天都在产生新的肿瘤细胞，肿瘤发生的本质是当肿瘤细胞和免疫细胞两军对抗时，免疫细胞失败了，败下阵来，肿瘤细胞占了上风。但至于两军对峙，我军为何溃败？我们身体听不见开战的号角，我军没有情报给上来，敌军也没有情报给上来，一场史诗级的大战就这么悄无声息地发生了，就这么悄无声息的溃败了。等到身体接到情报之时，已是全面溃败的大战败军情，让人猝不及防，又已惊悚不堪。

于是，在回答"为何会生病"这个问题时，它就变成了一个复杂的综合问题，很难用单一答案去解题。当大家都暴露于日益污染的环境、日益糟糕的工业化食品、日益加重的职场压力多重残害之中，我们的免疫力垮了，一定是日积月累的我们身体受到的各种残暴残害的叠加，在那么一个点，承受不住了，大堤破防了。可要命的是，它没有一个明显的破防征兆，这不是一场病毒进攻，发烧浑身疼痛嗓子拉刀片，病毒肆意地宣示着它的入侵与存在。癌细胞就在体内这么悄无声息的复制着，繁衍着，安营扎寨，我们依然在肉身上夜夜笙歌，挥霍无度，不知国土已沦陷。

对从未生过病的人来讲，那头北极熊可能在你大脑能想到的所见之处，你永远都不会看见，它就算存在，也是站在那遥远的冰川上，披着洁白的皮毛在阳光下和你温情脉脉地对视，彼此是彼此的风景。但是对于我们这种身体已经破防过一次的人就不一样了，你不知道你是怎么破防的，你也不知道你下一次破防会是什么时候，这一场莫名其妙的死亡，稀里糊涂开始了，如果发现得再晚一些，

再晚一些，我可能也就这么稀里糊涂结束了。

没有经过仪式的开始，没有足够准备的安然的告别，让人伤感。

因为肿瘤是悄无声息发生的，当我们用动刀、毒药、射线等壮烈的治疗开战，对自己的身体来了一场真正的"上刀山，下火海"，然后在临床上以五年未复发的结果为一个临床治愈期，然后是十年、二十年、三十年，需要长时间去观察自己身体的每一个细微变化，防止下一次癌细胞对免疫细胞的进攻得胜，所以，癌症是一个十足的慢性病。"带瘤生存"现今在癌症患者里变得越来越普遍，如果情况很乐观，一直"带瘤生存"到其他器官衰竭自然老死而告别，也不是不可能的事情。体内的小恶魔就这样，希望和你相安无事的处完自己的余生，这头怪物永远都不要再醒来。

痛苦地杀掉时间

随着我进入第一次化疗，深刻地体会到毒药的摧枯拉朽之力，我立刻意识到，平时我用来打发时间的那些招数：喝茶、看书、看电影、听八卦全都不管用了，身子稀里糊涂，脑子也不好使，每天都浑浑噩噩不知自己在干啥，这还是我人生第一次有一段这么长时间的这种经历。主治医生给我的治疗方案是肿瘤靠声带太近，不做手术切除，直接采取化疗和放疗治疗，整个治疗方案总计四次大化疗，六次小化疗，三十三次放疗，持续时间六个月完全不间歇。

刚开始的时候，我在平板电脑里准备了很多影片备存，漫威的所有片子我都给看了一遍，星爷的所有片子，我也全部找出来看了一遍，这两个是我能想到的最不动大脑的缓解昏沉神药。可是很快我就发现，漫威宇宙的片子虽然拍了这么多，但也禁不住这么囤在一起看啊，果然，一个多月的时间我就快把视频平台上这些片子看完了，还剩下那么屈指可数的几部未完成，我已经连可以看电影的大脑容量都没有了。在毒药的巨大威力下，我的脑子迟钝得就像只剩下 6% 内存的手机，基本已经卡壳到什么系统都带不动了，可看看这个剩余内存，想到接下来还有四个多月的时间，我不禁深深担忧起来。

英文里把打发无聊的时间叫作 kill time，杀死时间。以前我就想，这时间得多么痛下杀手"不饶人"，我们才得恨到要杀死它啊！这一下我明白了，无聊本身就伴随着痛苦，在痛苦中无聊又是双倍加料痛苦，每一分的时间都不知道怎么杀死它。

如何杀死这痛苦无聊双倍加料的时间，真是一个课题。

我们入院的时候正是疫情，严格意义上来说，这期间生病的人都面临着比过往严格百倍的入院管理政策。所有人进到病房里就不能再出去，每天的饭由食堂的餐车送过来，如果要出病房去门诊做检查会有护工一刻不离地陪着你，陪着你做完检查再回来，任何人如果以任何理由（含检查在内的正当理由）离开病房超过两小时，护士站即视为你自动弃床出院，立刻把病床排给早就在病房走廊外加床等待入住的人。这个惩罚是极其残酷的，没人愿意冒着这么大的风险去放风呼吸新鲜空气。所以在里面的病人都乖乖待着，不能下楼吃饭，也不能下楼散风，外面的亲友也不允许进到病房探视，一直到为期十天或者十四天的化疗结束，办理出院手续才可以离开。

这样的生活和监狱生活没有什么区别，甚至比监狱生活更枯燥无味，听说监狱还会安排很多丰富多彩的手作活动供犯人学习技能悔过自新。在这里，除了和自己的呕吐做斗争，就是和便秘做斗争，吃和拉都是需要费尽全力的事。药物副作用会带来强烈的便秘，一个病人三天拉不出大便是非常普遍的事情，所以护士也会每天在查房里询问大小便是否正常，如果超过三天还不能排便，就需要借助外力排便。除了晚期我们会听到与癌痛做对抗的痛苦呻吟声，也时常听到洗手间里发出的痛苦呻吟声，我们知道，又有一位病友正在艰难地与重度便秘这个药物副作用做斗争。

上面吃不下，下面排不出，即使是没到晚期病症还算乐观的病友，也对这种情况感到头疼。按一个病友的话说，叫作"我觉得自己就是个貔貅"，再加上"烟友"们在病房里关着不能抽烟等一些小细节，总让每个人都觉得安顿在病房的时间度秒如年。

我最开心的事就是能把我安排在靠窗的床位，好几次都是在窗边强行加了一个简易床，配置比其他正常床要简陋得多，但是因为在窗边，我依然心情大好，看着窗外，觉得还有景色这个帮手可以帮我杀死时间。虽然窗外看出去的景色都是棚户区的铁丝网烂房，毫无怡人风景可言，但比起被蓝色帘子围起来的一个小床就是全世界的局促来说，我还是觉得自己心理上富裕不少。

景色毕竟是静止的，时间还是难熬的，想起《西藏生死书》的作者索甲仁波切在书中教了一个打发时间的好办法，就是默念法号，我又去把那份攻略找了出来。作者的攻略是这么写的：将莲花生大士塑像的照片放在与自己眼睛等高的地方，轻轻地把注意力放在莲花生大士的脸上，特别是他的眼睛，然后安静下来，非常专注地念咒，这是莲花生大士的咒，是一切佛、大师和证悟者的咒。在这个暴力、混乱的时代里，具有独特而强大的安详、治疗、转化和保护的力量。然后作者还恰逢时宜地分享了他熟练这个法门以后，在自己思想混沌和精疲力竭时默念这个咒语，在几分钟之内重新感到精力充沛神采奕奕的故事。

我决定照着这个攻略来试验一番，还不到两分钟就发现自己败下阵来。第一步，我看着那个莲花生大士塑像的照片，看着他的脸和眼睛，我实在感觉不到作者所说的面容祥和、眼神深邃宁静，在我看来，这位与我素未谋面的大士长得面有横肉、眼角上挑、带着威严与挑衅。至于直视眼睛，就更令人痛苦了，我直盯着五秒，明显感觉压力山大，体内药物在各血管里奔流，仿佛要喷薄而出，心脏瞬间都咚咚咚发出了压力山大的喷涌之声，吓得我赶紧关上那幅画像，放弃第一步。然后开始尝试第二步，默念那个咒语。这个咒语的藏文发音对我来说是生僻的，所以需要动用脑力去强行记住它，没念几遍，除了疲惫，并未感觉到任何安详或者可以让自己宁静下来的迹象，我立刻就放弃了。我想，我和这位莲花生大士素昧平生毫无交道，他听不到我的呼唤也是情有可原的，就这样吧，let it be。

到了傍晚，我哥从单位下班顺道来看我，我立刻迫不及待地与他分享了这个我念咒未遂的故事。他哈哈大笑起来："是啊是啊，你在人群中突然向一个陌生人求助，对方也是会犹豫的啊。神佛也是一样的啊。"我笑着说："对啊，如果不是刚好那本书上有明确的念咒指南，就直接拿着操作指南上手了，我自己想着要找神佛帮忙，找以前有过交道的熟脸，倒是应该念念观音菩萨的法号才对。"

"观音菩萨"四个字提醒了我哥，一个肿瘤行业的科学家，他立刻与我分享了一个趣闻。他说："对，观音菩萨，你提醒我了。之前在美国的时候，听他们说实验室里专门做过对身体共振节奏的测试，实验结果证明，不论是《圣母经》，还是观音菩萨的六字真言，都得到了同样的监测结果。研究对象的呼吸频率都自动调整为每分钟六次，与其他自发生理技能的节律一致。而一切能使生理机能节律和谐统一的事物，都会对健康大有益处。不仅可以让人的心情平静下来，对于病人的身体，还可以增强免疫力，减少炎症，更好地调节血糖含量。"

我听完大悟："也就是说，倒不是说是观音菩萨真的显灵，而是任何一种有规律的声音波在身体里震荡，都会有助于心情的宁静。那如此说来，我倒是可以念什么顺口就念什么啰，只要我自己觉得合适、舒服。"

我哥笑笑说："随便你。病人为大，你想折腾哪个菩萨就折腾哪个。"

夜晚，待我哥走了以后，我开始静静思考到底应该念哪个法号，可以帮助我轻松点杀掉时间。想起我一位朋友可可曾经对我说过的话，她的脸浮现在我眼前。可可是成都一家市级国企的女高管，头发剪得和男生没什么分别，胸部平得也和男生没什么分别，戴上口罩走在路上，绝对分不出来这是个男领导还是女领导。在我刚确诊不久还没入院的一天，她来看望我，她掏心掏肺地对我说："我这份工作啊，这一天天事情啊，每天都被气得胸口疼。我都觉得自己迟早要得乳腺癌。结果没想到我还没得，你这天天健身自律的人还先得了。不过我还有一个私家秘诀要教给你，我每天下班回家以后，都要抽一段时间，对自己的心肝脾肺肾说对不起。我说心啊，今天让你痛了，对不起。肺啊，今天让你生气了，对不起。肾啊，今天让你憋着了，对不起。"当时听到这里，我笑得在椅子上都坐不稳，简直可以列成一个地狱级笑话，实在是太荒唐了。

可可正色说："你不要觉得很荒唐，我们真的要学会和身体说对不起。它帮我们承受了所有的压力，我们为什么不能对它说对不起。你觉得荒唐。你要是早一点和我一样，说不定啊，还不会生病呢。"

这段对话现在又清晰地浮现在我面前，再联想起我哥说的，所有有规律的声音和重复都能给身体带来益处。如果默念一个神佛的法号对我这个并不虔诚的佛教徒来说，实在为难，我想我也可以尝试一下重复"对不起"这三个字，就当它是个法门了。

于是，我开始回想我身体的各个部位在化疗的毒药中所受到的重创，我开始一一对它们说对不起。胃，对不起。肠，对不起。心，对不起。嗓子，对不起。我不断这样重复着，把自己能想起来的难受的身体部位全部念了一遍。然后开始念第二遍。第三遍。神奇的是，我的身体里开始安宁下来了。那股猴子挠心般的不安难耐，终于在一阵密集又节奏规律的道歉声中消停了下来，难熬的时间，不再是那个我心里的站在对面与我对抗着的小怪兽，它开始变得像薄雾一样轻薄，慢慢地，竟消失在薄雾里了。我沉浸于自己的道歉声中，仿佛躺入一片湖水之中，即使身体里依然还是有着各种药物带来的难受，但总算感觉自己被一个更宽大舒服的东西包裹起来，让我不再那么难受，不再有被时间掐着脖子的窒息感，也不再有想要反抗去杀死它的难熬。就这么，我迷失在时间中了。

肿瘤医生的魔咒

我哥是一名在华西上班的普通科研工作者，每每应付完繁重的本职工作或是开完会，如果在 7 点之前正常下班，他都会顺道过来看看我，陪我聊聊天，顺便问问我治疗的情况，再讲两个笑话来帮我排解心中苦闷。每个月的治疗情况不同，病房病友情况不同，被我点燃的灵感不同，他总能被我挤鸭脖子似的挤出一两个新的故事讲给我听。

第二次化疗的时候，我旁边病房有位女病友，强悍得要命，整个化疗期间一直把笔记本电脑拿出来在工作，时不时还要电话开个会啥的。去洗手间的时候，别人都要家属扶着，她一个人拔起输液的铁杆扛在肩上蹭蹭蹭就去了，不一会儿又蹭蹭蹭出来了，仿佛这个化疗对她来说完全不是个事儿，仿佛输的不是化疗药物而是干细胞。我给我哥使眼色让他看那位无比强悍的病友，我哥瞄了一眼，不以为然地说："很正常啊。我在 MD Anderson 的时候，我的导师自己就得肝癌了。他从诊断出来的那一刻就一点不慌，自己给自己制订了治疗计划，化疗期间一直在和我们开会，还给我们开 KPI，我们本来以为能休息会儿，没想到他强度一直没停，也没让我们停。

我们都劝他休息会儿，他说不用，保持工作的状态，让自己依然有事儿做，有助于情绪稳定。"

第三次化疗的时候，我的反应明显比第一次与第二次更剧烈。第四次的时候，我基本属于两眼发黑全程迷瞪的状态，开始出现厌恶和抗拒的情绪，看到护士进来换药，我的厌恶不仅对药，还迁怒到了护士的身上，我觉得她膀圆腰粗屁股大脸上长痘痘，丑得要命，厌恶得扭过头去不想看上一眼。先生也变成了我的出气筒，递来饭盒我就摔饭盒。我哥又不得不放下工作跑来给我做心理按摩："不能抗拒啊姑娘。我知道它难受，可是你抗拒没有用，你得拥抱它。"我翻了个大白眼："你说啥？拥抱它？你自己没拥抱，就说我，那你来试试。"

我哥说："这话我可不是乱说的。这话是我在 MD Anderson 的时候，我一个同事得了癌症，他化疗时候说的——痛苦像暴风雨一样来临，反抗没有任何作用，那就张开双臂去拥抱吧。我难受，癌细胞更难受，那就一起在风暴中难受吧！"

我一下来了精神，翻身从床上噌地爬了起来，我问他："你们那是什么地方？不是个研究癌症的肿瘤研究院吗？怎么里面的人全得癌症了？今天一个老师，明天一个同事，你们全部都是故意让自己得病去亲身做样本研究吗？还是你们那个地方风水不好？这名字就不吉利啊，研究肿瘤的医生一个个自己都得肿瘤了。"

我哥若有所思地说："啊，你还别说，好像还真是。我们当时同事挺多，得癌症的还真不少。各种都有。"

"有点意思。"我在心里咂摸着。

傍晚小郭医生过来，我把这故事讲给她听了，她一拍大腿大声说道："就是啊！真的是这样的！我的研究生导师，还有一些其他老师，好几个都得了癌症的，都在华西治。上次和我老师一起去参加行业里的一个肿瘤论坛，有个老师他就是研究肺癌的大专家，那在台上烟是一根接一根没停过手的。他自己还在台上讲抽烟和肺癌的关联数据分析呢，真的是一边讲一边抽啊。我们看着都觉得瘆人。"

我笑着说："那是啥？那说明肿瘤医生很容易得肿瘤？难道这就是传说中的吸引力法则？"

小郭医生慢慢恢复了冷静，回到一个她认为医生该有的那种职业状态，很认真地想了一下回答说："那倒也不是。我只是觉得医生们的生活状态都不太好，他们太忙了。做手术的从早到晚没停过，内科医生一样病人从早看到晚，早饭午饭都是随便塞个包子三明治就解决了。每年论文发表学科建设压力那么大，晚上不熬夜不抽烟怎么行。职场压力也大，烦心事也多，你们以为医生的工作就是简简单单把病人看好啊？"小郭医生一口气倒了一长串，完全停不下来。

我笑着回道："你不就挺好吗？我看你面色红润，皮肤又好，水灵灵的。"

小郭医生被我逗笑了，捋了捋头发说："那我是还没入到门嘛，我还在读书，和那些大医生可不一样。"

小郭医生又接着说："不过从医生的角度来讲呢，他们对待这件事情啊，还挺真平和的。因为他们干这行的，他们就知道，这个免疫细胞和肿瘤细胞的对抗啊，一个是注定减少，一个是注定增加，那么走到人生的某一个点，两条线一定会交叉的呀。肿瘤细胞一定会超过免疫细胞，就像一棵树，当他到了衰老的那一天，枯叶一定会超越绿叶，枯叶就会掉下来。从这个意义上来讲，一个人只要活得足够长，他都会得癌症。所以对肿瘤医生来讲，得了癌症也不是什么大不了的事情，该治治，该上班上班，他们比普通人更能在心理建设上面对和接纳这一点。对了，说起这个，我这里还有个资料，我发你看看。"小郭医生掏出手机，发了个网址给我，我打开一看，是个文献，那上面赫然写着：

生物史与免疫系统

★ 文明化过程中的人体免疫负担剧增

新石器文明距今仅一万余年，信史文明不过三五千年，繁华的工业文明或1788年产业革命距今才二百多年，导致人类的生活环境和生活方式陡然巨变，人类根本来不及发生任何适应性变异。但，食物生产、加工、运输、保存环节大增，污染环节亦大增，且时间拖延又无可避免，遂使食品变质成为常态；再加上城市化人口密度提高及交通发展，促进异域致敏源或感染源广泛播散；等等。诸如此类的各种变数皆导致人体免疫系统负担剧增。

★ 复杂人体与精致免疫的系统匹配问题

过度复杂的人体要求极端精致的免疫系统，加之上述免疫负担增重，如各种感冒不绝如缕，交叉感染无处不在，导致免疫系统功能紊乱，于是出现种种"自体免疫性疾病"，也就是免疫系统持续或间断性攻击自体细胞组织机构的病害，如风湿病、肾小球肾炎、甲状腺炎、红斑狼疮、类风湿等。此乃复杂导致自扰或复杂导致脆弱的范例。

★ 高度进化与细胞返祖的对应性压力

除了环境破坏、免疫紊乱、紧张焦虑、遗传劣生等文明因素致癌以外，还有一个与进化有关的"癌症基础问题"，那就是高度进化与细胞返祖的对应性压力问题，即高分化细胞具有低分化间变的逆反倾向，正如尼斯等人所言："生命本身就是处在某种程度的癌前状态。"因为高分化、低增值的机体多细胞抑制结构才是反常的细胞生存状态。

结论：生物史进化和文明史进化双双导致人体免疫系统不堪重负。

这一串接连铺排的医学名词看得我有点吃力为难，但意思就和医生口头上和我沟通的一样，恶化的环境、食物、压力，和自身机能的不匹配在人漫长的一生中总会出现不适配的时候，或者并不由这些原因诱发，而是自然的衰老导致和肿瘤细胞抗争失败，这些对肿瘤医生来说，他们在知识体系里已经被做了充分的教育，所以当肿瘤有一天真的来临之时，他们也比普通人做了更多的准备，可以以一份淡然坚定之心去面对。或许我们普通人，也应该接受这样残酷的肿瘤知识科普教育。

无力与离开

在病房里不论怎么谈天说地，有一个字是大家都自动绕道而行的，那就是"走"字。"他走了"这样的话会如同巨大的黑影，一旦有人轻声从嘴里说出来，再轻的声音也会如同洪钟响磬一般在病房里缠绕，绕过家属们故意调和氛围的闲聊声，在每一张病床上蔓延，绕开每一个有生气的事物，准确地传到病人的耳朵里，然后周游一圈之后盘旋到空中，绕梁不绝。

化疗和放疗的安排都需要有规律性，每月一次的治疗不能在周期内时间偏离太久，不然会影响到治疗效果，这就导致基本这一批的病人下个月都还是会在差不多同样的时间遇见。每个月都有新的病友加入进来，但进来的人多，毕业的人少，大家都是在一条漫漫长路上沉默地煎熬着。如果有一位病友完成了整个为期半年或是一年的治疗计划在最后一次结束时复查各项指标都很好，做完最后一次的治疗便可以结疗出院，那是整个一层楼都要来庆贺的大喜事。各个病房的人都会闻风而动，前来恭贺，希望可以沾沾这位病友的喜气。但如果是好几个月都没有再遇到之前一直看到的某位病友，某人又忍不住问起了他的近况，总有热心的病友会回复上那三个字的时候，整个空气都开始死寂起来。

进门1床的那位中年男人，下肢肿得像象腿一样，必须将腿抬到一个略高的位置，让血液循环起来。他从来不参与聊天和闲谈，只是默默地望着自己腿指向的前方，留下身边坐着的他的老婆一直在唉声叹气。只有他，当谁谁谁走了这样的消息在房间里游走的时候，一点情绪波动也不会有，仿佛他见过多次的这些病友他从来都没有看见过，一个也不认识。

傍晚时分，隔壁房间的胖小鸟急火火地飞了进来，和大家分享了一个新的消息：你们知不知道？隔壁病房有个病人走了，从发现到今天才三个月，好快喔！

这样的消息立刻引起了所有人的警觉，大家纷纷问道："啊？什么情况？她什么病？"

胖小鸟清了清嗓子，开始娓娓道来："我也是前两天在隔壁房和她家属聊起的，她家属还是个中医呢。这个姑娘啊，年初的时候肚子痛，就以为是妇科那里不好，就去她老公在的中医院检查，也没检查出什么病。症状就是腹痛，长痘痘，查了内分泌，也没什么事。后来就一直长，一直痛，她也觉得难受，就找了华西的妇科主任，主任说做个手术，看看里面是不是长东西了。结果打开一看，内分泌癌，可把主任吓坏了，不敢动，又把肚子缝上了，这不就转肿瘤科来了嘛。转过来的时候这边就说已经太晚了。那是几月啊，那还是春天呢！今天人就走了。太快了！啥药都还没来得及用呢！"

病房里开始出现沉默。讨论到这个话题的时候，总会引发听众强烈的无力感，引发僵硬与寂静，包括我在内。没想到进门1床的男人突然出声了，这个最意想不到的男人。每一天进出病房看到他时，他都是那样眼神空洞，面容疲惫，抬起的肿大的腿也不能让他的背在病床上打平，即使是躺着，还是能看到他的背因常年劳作而弯驼。弯驼的背上仿佛扛着沉重的扁担，身后残酷的命运拖着苦刑。

这个困苦而沉默的男人突然起身洪声说了一句："也是好事哪！"

没人敢接他的这句如同西北高原上唢呐一样洪亮的呐喊，大家都知道，只有极度痛苦的人才会羡慕这种"飞升"，尤其是这种在短时间内几乎没有遭遇过太大的痛苦迅速就结束了战斗的生命。我们都感到遗憾，只有他会感到羡慕。我们都默默地低下头来，任由这份沉重把我们的肩膀压下来，1床的男人仿佛长出了一口气，把背用力地挺直了，又重重地躺下去了。

我心里憋得难受，想找我的易经师父聊聊，给他讲了这个故事。他，也给我讲了一个故事。前几年在来找他占卜的一个朋友中，有一位给了他儿子的八字和卦，请他帮忙看看，奇怪的是，他儿子的卦相一直不好，恰恰就在那一年的新年卦中卦相极好，飞龙在天。看来看去，师父也看不出有任何不好的迹象，全是大吉，大瑞。他知道他这位友人的儿子前几年不幸重症缠身，整个家庭都蒙上了一层阴影。他看到这个卦相，实在很高兴，开心地对他的友人说："令公子应该是会康复，全然康复的。"没过多久，他的友人平静地对他说，自己的儿子已经离开人间了，走的时候很安详。师父哑然。我也哑然。师父说："这就是天。上天不以人的意愿为出发点和转移，天意无善恶。善恶好坏都是人的观点。对他儿子来说，飞龙在天，大吉大祥，或许这是最好的解脱。"

这个故事莫名地给茫然的我增加了一点力量，仿佛在无边无际汪洋的无力感中，给了我一个小浮萍让我可以撑着双手出来在水面之上透一口气。或许，我们的无力仅仅是来自我们不再能掌控自己的身体的那种不习惯。我们被我们的身体背叛，感到愤怒；我们不

148

再能掌控自己的健康和时间，我们感到茫然和无助。我们被病魔拖入一个从未到过的黑暗之境，我们感觉恐惧和慌张。而这一切，对上天来说，生与死，光与夜，神与魔，就像太极的阴阳两极，稀松平常，都是心头好。上天的怀抱一碗水端平，并不因为病魔与黑暗就惩罚世人多一些，即使在光明之地，灼热的光亮一样可以把人烧到灰飞烟灭。我想，既然我已经失去了对身体的掌控，不如就彻底放开手吧，和天地自然一样洒脱。我已经滑入黑暗之境，那就让我乘坐着滑板一般，在这个王国随着它的力量自由移动，游历暗夜风光，最后，按照命运的指引再滑出去吧。

黑暗王国里遍野荆棘，满山沼泽，但凡用眼专心去看，想要找一条出路，都能吓个半死。还不如就闭上眼睛吧，什么路线，什么出口，都不重要了。我没有任何的力量去抵抗，也没有力量去操控滑板的方向，更没什么规划路线的能力和智慧，就让它自然地向前滑行吧。就像我哥讲述的他那位同事一样，对着痛苦和黑暗说："来吧。我不再抵抗。我张着双臂迎接你，拥抱你。让暴风雨来得更猛烈一些吧！"

痛苦的力量 Ⅱ

在痛苦中被反复摩擦的时候是没有反思的，痛苦只会让你痛不欲生，无力其他。只有当你完成了痛苦这个动作，回头看的时候，才有反思和升华。

来自木心的安慰

《木心遗稿》中的手写稿上写着：

病弱才敏慧，健康是麻木。

厌世而犹苟活者，从前的智者饮酒服药、调声弄色以安顿自己，这些忘忧的方式，于我是无效的。

生命，既是健康。思想，是非生命的，反生命的，克生命的。生命病了，弱了，思想发端了。这里有一则机密，宇宙对于自身的虚无荒谬讳莫如深。生命的出现，使宇宙预知它（生命）是要评价它（宇宙）的。为了免于这场大诉讼，宇宙先下手规定生命十足健康，不健康的就及时死灭。如此则生命健康了，它就麻木了。麻木了就不胜任于评价宇宙的虚无荒谬。动物们便完全受制于这项律令，它们愈麻木便愈健康，愈健康就愈麻木。而作为生命的人，单个的人，是一时而康健，一时而病弱的，既一时麻木，一时敏慧。在病弱而敏感期间，他思想，还把思想用文字记录下来，使健康而麻木的人读了这些记录，也认同——人类有了文化。

我病弱过久，厌烦至极，所幸不曾以酒药声色为麻木之法门，找到了麻木的良方。

择取健康，而生命的最本质特征是"容易厌烦"，健康也使我厌烦，我便把康健用到思想去上。先求健康，而后让麻木持续下去，也会不耐烦的。麻木得不耐烦，就开始思想了。

读到这样的文字，心中甚是宽慰。仿佛这场病痛并不是生活的噩耗或上天一声号下给压在自己肩上的，而是自己主动选择的结果。自己为了思慧，主动选择了这一场身体的破碎。而在身上的破碎感中，能触摸到宇宙一丝一毫发来的信号。那信号是什么？是智慧吗？是外星高等生物发来的电波吗？不知道。可能无非是因为药物作用和营养不良导致的幻觉罢了。

但在木心的文字中我着实明白了一个道理：人生不能硬碰硬。不如就沉沦吧，和痛苦融为一体。这样痛苦就不再能举着刀剑向我砍来了，因为我就是他，他就是我。

就这么重重地沉下去，像坠入深海里。潜水跳跃的第一跳，总是可怕的，因为眼睛里是无边无际的深色汪洋，以肉身之小搏深海之广，那种恐惧是不自觉的，来自原始基因里的恐惧，无法控制，所以我从来都是背对着大海往后仰跃而下。只要跳入水里，大海就会用他宽广的身体拥抱你，那是进入一个你从未体验过的无边的摇篮，轻轻摇着，陆上的恐惧消失得无影无踪。在一个黑暗的新世界里，你反而感到自在。水和我的身体，我中有它，它中有我。

穿过身体拥抱你

我想对你说对不起。这是我脑子里突然冒出来的奇怪思想。我的身体，陪伴了我三十八年，我从未如此近距离地感受过它的存在。身体是很奇怪的，通常我们感觉不到它，当我们感觉到它存在的时候，基本都是哪个身体部位出了问题的时候。而现在，在破碎的身体感中，我感觉到我的身体并不是以前那样一个实心实体的110斤的血肉躯体，不再是与生俱来的骨肉聚合，而是一个一个骨肉拼凑起来的松散玩偶人。关节与关节之间，器官与器官之间，总是拉着一根松散的线，虽然不至于全线断掉而垮落在地，但也是叮叮当当摇个不停。这倒是让我前所未有的发现组成我身体的这些器官，单一来看，它们每一个都那么辛勤，都帮我承受了那么多，可是，三十八年了，我从未对它们说过一句：对不起，你辛苦了。

我是个棒槌。

我想对眼睛说：第一个需要鞠躬的就是你。由于从小阅读姿势不良，晚上打着手电筒在被窝里看连环画，6岁时我就把自己眼睛搞近视了，到小学毕业就配上了300度的镜片，初中毕业就600度了，高考结束就800度了，读完大学考个硕士备考结束就1000度了，我的眼睛，承受了我成长过程里沉重学业中压力最大的一环。毕业之后为了美观好看，我就放弃了框架，开始戴隐形眼镜，一戴就是二十年，上班时晚上加班熬夜，常常眼睛里熬出血丝，有时隐形眼镜都黏到眼球上取不下来，自己把自己抠得滋啦哇啦叫。而你，承担了所有帮我发现生活中美的责任。每一朵娇嫩的鲜花，每一棵葱绿的小草，都是你先看见然后告诉我，让我不要难过，告诉我这个世界还有美景，人间值得。

我想对舌头说：谢谢你多年来担负把关入口的重任。放疗的射线如大火般烧过，第一时间烧完的便是味蕾，当我丧失味蕾以后，才发现多年来舌头带我体验了多少人间快乐。酸甜苦辣，都是烟火的滋味，连曾经避而不及的苦，现在也变得无比怀念。苦也是一种刺激啊，在这尝遍食物而全无滋味的时候，平淡，空无，是多么可怕，这时即使能让我尝到一股苦，也能刺激我感受到生活的确实存在感，可惜，并没有。一切都是那么平淡，空无，像极了黯淡抑郁的人生，没有甜，也没有苦。味蕾带领我们去品尝生活中的千滋百味，就像情感代替我们去感受生活中的喜怒哀乐，每一件小事都是细微的体验，可如今，我竟然失去你了。我竟然连感受到苦的权力都没有。医生说，我永远都不可能恢复到以前的味觉水平了，我好难过，我竟然还没有好好珍惜你，就失去了你。

我想对心脏说：对不起。我总是让你不开心，哪怕自己也不知道为什么会不开心。学生时代哪怕考试考了 140 分，也不开心，因为满分是 150。大学时候考不到第一名，不开心，觉得没有凸显出自己的天资聪颖。考了第一名，不开心，因为觉得下一次如果保持不了就会是巨大的打击。工作以后自己没有升职，不开心，因为觉得老板不能慧眼识珠。升职了，不开心，因为觉得老板压给自己的KPI 更重了，我为公司贡献了这么多，拿这个职位和薪水本就是应当应分且绰绰有余。结婚后先生对我好，不开心，因为觉得男人老在家待着算个什么劲，大丈夫就应该出门闯荡江湖拳踢猛虎脚踩蛟龙。先生被我怂恿着去外地打拼，不开心，因为觉得分居两地身边无人照顾无人嘘寒问暖。在三十八年的求学—就业—婚姻过程中，开心的时刻总是屈指可数，虽然在摆事实讲道理的层面，我也不知道为什么为何会从那样的先决条件得出一个不开心的结果，但事实就是漫漫人生路中，不开心和厌倦是生活的常态。我实在太对不起我的心情和心脏了，它们从未能舒展地度过自己的前半生。一直被我拿捏在紧闭的拳头里，皱着，憋屈着，无论取得怎样的成绩也不能让它开怀大笑，任左心房和右心房的血液畅快地自然流动歌唱着。我错了，我再也不愿让你感受到来自自身灵魂的苛责了，如果你愿意，请你在泵房里自由快乐地歌唱吧，像那夜莺一样。

还有我的胃、肠、小腹、脚踝，个个都常不被我善待，为我承担了很多。让我穿过这破碎的身体，给你们一个拥抱吧，感谢所有过往你们为我付出的，接受这由衷的忏悔和感恩吧。

为何我从未好好关注过我的身体，以至于时到今日 38 岁了，我才第一次关注到它们，对它们正式地说一句"对不起"。我感到羞愧。要说我不关注自己的身体，那是假话。这么多年来，因为对身材的严苛要求，除去怀孕当准妈妈的日子里，我身材几乎从未走形过，168cm 的身高，53—54kg 的体重，十几年如一日的保持在这个标准，很多年的时间里确能担得上一句来自外人的称赞：你身上一丝赘肉都没有。我对自己也算得上确实是狠，女生说减肥，很多时候是一边说一边吃，我从不是。若是觉得腰上多了几分赘肉穿不下心仪的裙子，我能早上空腹出去跑个 5 公里，回来时眼冒金星感觉要晕在半路回不了家，当然，我从未真正晕倒在路上过，总是一瘸一拐地走回家中。每周两次的跑步雷打不动，在健身房一次也能跑个 30—40 分钟，在 33—35 岁工作比较忙的时间里，由于晚上经常加班，常常工作到 10 点以后，家附近的健身房已经关门了，我还给自己在"24小时"健身的新兴物种——无人健身房里办了张卡，要再运动个半小时，基本到了 11 点才又结束锻炼慢跑回家。

所以，说我对身体不关注那是弥天大谎，信口雌黄，可是，我对身体的这种关注真的是因为爱护它怜惜它吗？我自己知道不是，现在想来，某种意义上，反而是出于对它的厌恶。身上多了一圈肉，厌恶至极，要去运动把它甩掉；小腹多了一圈浮肿，厌恶至极，想要去把它按摩掉；脸上又长胖了一圈，厌恶至极，想要去打瘦脸针给它融掉。在我的脑海中对于标准体重和胖瘦拥有一个明确的标准，也并不记得这个标准到底是在外在加给我的，还是自己加给自己的，反正这个标准已经深深地刻在了自己的意识里，而自己却并未查知。当身体因为疲惫工作或者忘记运动一段时间而长胖变形时，这个标准就生生地跳出来，像泼妇骂街一样地对着镜子指责这个身体：你怎么能这样恬不知耻地长在这里？长成这副模样？让人看了恶心。

身体受了指责，低下那羞愧的头，又开始带着负罪感出门空腹运动去，把自己弄到眼冒金星血糖低下头晕眼花，才觉得自己的羞愧感微微减轻了几分。所以，即使我拥有着一个还算得体的年轻身体，可我从未真正好好爱过它，倾听过它发出的嘤嘤委屈哭声。载舟的水覆了舟，就这样，我的臣民谋反了，不想再侍奉我了，背叛了我，留下一个没有士兵的将军，站在这孤零零的大漠上，回想着为何自己从未真正爱过我的士兵、我的子民。他们需要给我一记狠狠的耳光，让我知道他们的委屈。现在我知道了，我祈求你们重新回到我的怀抱，我一定好好待你，委屈的泪水尽情留吧，流干了，我们从头再来，重活一次。

这些年的匆忙，到底在忙些什么

　　眨眼过了三十八年，除去幼小和求学的时间，投身社会也有十五年光景有余。短短十五年，转眼即逝。人只要投身于工作，996 也好，007 也好，不会觉得时间难熬，一年复一年，很快春夏秋冬一年就过完。人要有一个爱好很容易打发时间的，像我这种没有爱好的人，在工作中麻醉自己，也是很容易打发岁月的。我出生在重庆，常驻工作地在成都，成渝两地 300 公里，常常一天的时间，早上过去，办完事再坐火车回来，晚上躺在床上的时候觉得自己这一天跑了 700 公里还吃了饭办完了事，还没用完二十四小时，这一天的时间要好好用可真能跑很远办很多事情。而事实上，绝大多数时候的一天，开开几个会，对着电脑屏幕看看新闻，和同事们聊聊八卦，摸个鱼就过去了，别说事没干成什么，就是手里的闲事，也是从早到晚忙忙慌慌的。

　　我是做营销传播行业的，过去十五年的职业生涯，刚好经历媒介环境从电视报纸大坠落，转型为新媒体的时代。微博时代，一天一个账号要发 5—7 条内容，除了固定的早安晚安寄语，每天都得有几条高质量的内容产出，还得抽出时间不停地和其他账号及用户互动。内容除了写文字，制作的海报也是得下大功夫的内容，常常改来改去改个几天到临发前最后一秒才定稿上线。现在想来，自己这些年发了多少内容全然不记得，甚至连自己运营过哪几个账号都不记得。大概是那些个微博文字实在称不上是"作品"，大脑不愿意记得这么难堪的事物，自己把记忆给删除了。后来转到微信，一篇微信文章通常也要几百一千字，再加上海量的配图，前期的选题会及需要不停讨论文章的标题。行业里那些无聊的"制作一篇10万＋的爆款需要打磨多少遍标题才能足够"的培训和煽动更是为我们这个行业的水深火热加上了码，从北京到成都，从线下到线上，各种取名为"新媒体运营""互联网思维"的相关培训数不胜数，打着"飞的"去听从年头到年尾也听不过来。熬夜是这个行业的家常便饭，记得在微信时代来临的第二年里，为了提高阅读量，我们便一直尝试不同的时间推送，后来发现夜里12点以后会有一个阅读高峰，大概是用户们躺上床觉得无聊开始刷手机吧，我们这样对自己说。于是，我们把推送时间都定在了这个点，然后再观察推送后阅读量的增加，每天不到深夜1点半以后基本整个团队都无法入睡。这种每晚熬更守夜的状态大概持续了三四年，直到大家对微信疲软，怎么改进战术都微乎其微，领导也终于放弃了对10万＋的要求，大家解脱了。再后来，短视频、直播，不要说熬夜，主播连续播个两天两夜三天三夜都是行业常态，时不时也听到某个年轻人猝死在直播台上的新闻，不过，已经麻木了。不是我麻木了，是行业麻木了，大家都麻木了，大家只是觉得这个年轻人命不好，那么多年轻人都发家致富了，当上网红了，穿金戴银吃香喝辣改变了命运，怎么他就猝死了。一个个被时代机器碾过的肉体，倒下根本不足为惜。

我并不对我的行业特性所带来的熬更守夜而感到惋惜，只是回头看来，觉得自己制造了那么多无聊的内容垃圾，为对这个世界没有任何的帮助，还浪费了大家宝贵的注意力和时间，而感到汗颜。

我一直觉得，这个世界的工作是没有尽头的。对从事销售行业的人来说，今年的业绩即使完成得再好，明年的业绩依然是在今年的完成基础提升 20% 的业绩，不会减少，只会增加，也就意味着，明年即使付出更多的努力完成更多的销售业绩，只能拿到更少的收入奖金，收入不会增加，只会减少。对我们从事营销行业的人来说，发稿的内容可以从一周两次到一周七次，可以从一天一次到一天早晚各一次，直播的场次可以从一个主播到五个主播，运营的细化 KPI 可以从群活动一天早晚各一次到每个正点各一次，时间的单位不断被各种运营计划切割着，越切越细，就像藕丝一样，越来越长，越来越细。什么时候断？不知道。断了？那就换个人继续上吧。

我想，在地铁上搭乘最后一班车回家的人，和我是一样的感受吧。钉钉上的消息响起的频次越来越高；飞书上 @ 出现的频次越来越多；从一个邮件里知道自己要做什么的通知到邮件变群聊，一聊聊十几个来合，观众们一封一封去补读；再到微信群里老板的一声 @ 所以人，所有人三秒之内立正稍息回复"收到"；再到飞书里你竟然可以看到老板敲打下字母的速度，他敲下的每一个字，删掉的每一个错字，竟然都同步出现在你的眼前，然后你果不其然不出意料地被 @，就这样，眨眼十五年，江山换了又换，光阴也转了又转。

年幼时，我并不懂得为何生命有尽头，工作却没有尽头。而如今，我躺在一个挂着"癌症病人"铭牌的病床上，我忽然懂得了，其实工作是可以有尽头的。只是我们恐惧，我们不敢停下。我们担心自己的收入不再能负担每月的房贷车贷，因为房子总是越住越小，再大的房子住几年也会显得拥挤，功能区永远不够用，衣帽间里塞满了衣服，也再也挂不下新的衣服，于是我们在愿望清单上写下：

再换个大点的房子吧。车子从本田丰田换成了BBA，看上了保时捷又看上了火红的阿斯顿马丁，于是我们在愿望清单上写下：两辆车怎么够用，那就再买一辆车吧。就这样，欲望驱使着我们前进，以犒劳自己和享受生活的甜美笑容，让我们的肉身一直在这架巨大的机器里绞杀着，直至不堪重负而崩塌。

　　这一瞬间，我开始感到感恩，感谢上天给了我一场疾病，让我可以堂而皇之地从这台不停歇的庞大机器里离开，还来不及克服自己的恐惧，也来不及消化别人的鄙夷，我从一场我曾经以为无法停歇的游戏里离开。我被一股突如其来的外力丢出了机器，站在机器以外的空白之地，我擦亮眼睛才发现，在这个巨大的不停向前碾进的机器以外，还有着巨大的草地。头顶有天空，身边有树木，在这个田野上，时间缓缓地流逝着，比在机器里缓慢很多，一天的时间很长很长，爱人的怀抱，孩子的嬉笑，总是在一起过了很久，日光还没有走过一道竿。我们也不用看手机，抬头看看光影，就能知道现在大概的时间，时光很慢，而且柔软。光阴从未以如此温柔的姿态轻抚过我的手间，没有了会议，没有了PPT，再无人打扰我和时光的对话。时光不再变成我生活的背景，她变成了我生活的主角，我慢慢地凝视着她，从未发现她是如此柔软美丽、曼妙可爱。太荒唐了，我以前怎么还想着要杀死她，要掐死她，我在想些什么。我留下了泪水，泪珠顺着脸庞滑落的速度，比我想象得还要慢，一秒一秒，轻轻地滚过我的肌肤，在我的皮肤上留下一道轨迹，奇怪，我从未发现泪珠滚落的轨迹如此优美，充满随机性的曲线美。奇怪，怎么会有这么多这么多的感受，我在过往的38年里都从未感觉到过。

漫长的修复

痛苦的漫长不变，日复一日仿佛是为了锻炼你的耐心和韧性。在这段漫长的时光里，陆陆续续有很多朋友送来他们的关心和问候，猛然发现生活中交情不深的人，却能在一起探讨一些生命本质的问题。不知道是不是在日常生活里，浮华的外表掩饰了大家深沉的一面？还是我自己眼光太浅，瞎了聋了看不见身边朋友的深度？抑或是定要在悲惨事件的笼罩下，才会以正确的角度显出一个人的光辉。

友人来信之佛子行

英劫你好。惊闻你生病，如晴天霹雳。想来问候你，你一直珍视容颜，估摸着你也不愿让大家看到你状态不好的样子，就写一封信给你吧。在我们这些朋友当中，你一直是我们健康生活的典范，不吃甜食，保持运动，是我们这帮老朋友里少有的十几年来身材保持不变的佼佼者。所以，当听闻是你生病，大家都觉得异常震惊，觉得不可思议，觉得最不应该生病的人就是你。但上天就是这样随机，也让人意料不到，不知道现在你的情绪如何，是否已经平静地接纳了这件事情。当然，让我一个旁观者去劝问你以平静的心情面对这样大的创伤，确实是站着说话不腰疼，希望你能理解。今天这封信，其实是想以一名佛教徒的身份和你聊聊在我们教义中对于生病这件事情的看法，不知能否对你有一些宽慰。

我在几年前皈依藏地年轻法师根让仁波切，从他门下修行，受益颇多。师父常常教导我们，由于众生的善恶业力交织，每个人在生命历程中都会起起伏伏，既会经历兴盛的高峰时刻，也会经历衰败的低谷时刻，众生皆然。身患疾病让我们的健康状况走向低谷，只是果报成熟时稍轻的衰败中的一种，不必惊慌。

当然，每个人面对这样的因果时都难以接受，甚至满怀愤怒："我这么好的人，一生从没有造过恶业，根本没有做过任何坏事，为什么会发生这样的事情？"无数的为什么，无数的责问，越是想据理力争弄清楚个子丑寅卯来，越让自己精疲力尽。

我们都是普通人，日常生活中，连做大恶业的机会都没有，但是果报并非我们平时普通人理解的杀戮、谬骗等重大恶业。业力来源于万千之间，甚至来自前世的积累，你不必慌张，从修行的角度来看，一项衰败的功课正是让我们认识无常最好的功课。人若是一直春风得意少年郎，又怎会有机会生起出离心呢？

如何面对衰败，是我们需要去修的一项重要功课。作为修学大乘佛法的人来说，遭遇衰败时一定要学会如何面对，为了让衰败变得更具有正面价值，无论轻重程度如何，我们都应毫不怯懦地将衰败的痛苦转为道用。"道用"之意就是将顺逆之境作为修持之用。任何衰败只要能以智慧观照，都会发现其神奇积极的一面。就像普通的草木到了良医手里，也能神奇地转为良药，甚至毒药到了他的手里，也能转化为妙药。同理，修行人只要善于将一切逆缘都转化为成佛的因缘，任何"不好"的都可以转化。在遭遇挫折和打击而承受痛苦时，反而有助于我们生起出离心，更好地面对"无常"这个课题。

过往的圣贤大师、成就者们，都多次告诉我们，要把思维无常的修持作为观修的重点。由好转坏虽然也是无常不可避免的一种，长相丑陋恐怖，但无常也蕴含着无限希望。正是因为无常，我们才会一直获得改变的机会，我们的人生才有可能趋于广阔与美好，而不会永远陷于不幸的灾厄，疾病的逆境与迷茫的困顿中没有指望。想一想，不正是因为无常，一个健康的人生病后从此珍爱自己的健康，后半生顺遂无忧的故事才会发生吗？生活的变化中蕴含着无限的契机与希望。因为无常，我们才有机会内观我们过往曾经不以为是错误的错误；因为无常，我们才能为以后培植福报；因为无常，我们才会突破人生的围城，让一切不好的变化变成好的。也正因为无常，我们才能希望超越六道轮回而获得解脱。所以，我们要做的不仅仅是等待，而是抓住无常赋予的机会，调动内在的智慧、勇气、力量，让自己和周遭的人和事逐渐地趋于美好的境界。如果深刻的领悟无常所诠释的积极特性，我们也会觉知无常既非好也非坏，从而更平静地看待无常的发生，甚至懂得欣赏和感激无常，从而获得开阔的视野。

《佛子行》中有写：

穷困且常受人欺。病重又遭魔缠身。

众生罪苦我代受。无有怯懦佛子行。

意思是当我处于人生低谷之时，可以以慈悲心代受众生的罪苦，同时毫不怯懦地面对困境，这正是佛子的修行。

师父曾与我们讲起，在藏传佛教中，有一种修行之法，认知因果之律，修持自他相换。在生病之后，除了积极治疗，还可以真心诚意地修持自他相换之法。通过观想将其他众生的所有病苦都吸纳到自己身上来代其承受痛苦，同时观想把自己美好的一切全部交换给众生，如此，内心盘踞的患病的恶因，也许就可以得到摧毁。虽然有些病从医学的角度来看并没有治愈的希望，但通过转为道用的功德，也是可能好起来的。希望自己康复，修自他相换对病人的身心特别有帮助，特别有效，这是过往众多高僧大德的经验之谈。

当然，对你一位并未皈依的在世间者，讲这些修行法门是我太多话了一些，对你也过重了一些。我拜上师门下时间不长，也不算是一位修行高深之人，我只是太迫不及待地想把自己曾经听过关于消除病痛的一切信息想要分享与你，希望能帮你减轻一些痛苦，也不知道有否帮助。

最后，有一个最重要的信息其实是我最想与你分享的。在我们修行的"了之因果"一课中，我们被教导接受客观的因果规律。世间的一切都是因和果的呈现，没有无因无缘就凭空出现的违缘，我们生命中所显现任何形式的厄运或恶缘都是消业。如果深信因果业报的规律，就不会陷于恶缘的痛苦之中无法自拔，可以做到坦然消业。疾病是消业的一种快速方式。生病虽然痛苦，但是站在消除恶业的角度来看待它，也会有一分消除业障的轻松豁达。

最后，祝你一切安好，早日恢复健康。若有需要藏医辅之治疗的地方，可随时联系我。

回笺：

真姐谢谢您的关心。未曾料到你皈依佛门多年，还写了这么长的信给我，实在有些受宠若惊。我不是佛教徒，虽对因缘、业力、无常等词有所了解，但看你今日信件，还是觉得大受震动，受益良多。尤其是最后您告诉我，疾病消业一事，对我确有极大的慰藉，宛如突然读到一本武林秘籍，确实是之前从未听说过的。不论我是否是佛教徒，我都深感宽慰，感激不尽。如你所说，造业并非杀生、掠夺等大恶之事，尘世间，起心动念都是造业。在整个治疗过程中，我一直控制自己不去思考"为什么是我"这个问题，是因为我知道自己心存善念，未做恶事，这些因缘并非常人讲的"报应"二字，配合医生积极治疗就好。Anyway，被您普及"消业"一说还是让我感觉无限慰藉。感觉本次病情结疗以后，可以以一个完全纯真归零之身活在这个世界上，一切福报，从头再来。

世界上很多东西是需要缘分的，例如中医，方子要对，药材要对，煎煮要对，全部弄好了，服用时间要对，还要病人要甘愿接受。这一切，都是缘。还不包括转瞬即逝的病情。越理解生病越惜缘。珍惜自己身体，也是惜缘。

至于藏医，就暂不需要，谢谢好意了。我是西医医学院毕业的学生，目前也正在接受系统的西医治疗，整个过程中也在辅之以中医扶正来缓解西药治疗带来的副作用，目前来看病情指标还算稳定。再次谢谢真姐的关心与好意。

友人来信之幸福癌

亲爱的 Mer：

许久未曾联系，昨夜听闻你的消息，心中五味杂陈，本想即刻与你联系，但又怕时间太晚打扰你休息，没想到今天忙碌了一日又到了此刻。

夜已深沉，空气却依旧闷热。末伏的这最后几日里，所有四川人民都在呼唤萧敬腾。今年的天气总有些"不合时宜"，3月初猛地一天入夏，结果到了5月却迟迟热不起来，入夏时却满是秋意，而立秋后才迎来了绵长的热浪，我甚至开始怀疑冬季里是否会春意盎然了。

四季更替，我们大约在彼此的朋友圈中更新着各自的生活，可这几年我越来越"不合时宜"，聚会不参加了，朋友圈也很少发了，连刷手机都越来越少，也因此错过了你的消息。在我的印象中，你是那个坚定优雅的 Mer，也是幸福的妈妈，之前刷到过你发宝宝的照片，每每看到总感叹岁月如梭，明明感觉上次与你在家中小聚就在昨天，如今你的宝宝都这么大了。我这人有个坏毛病，总担心打扰到带孩子的朋友，虽然我没有孩子，自己却总以为小朋友长得太快了，父母真正能够陪伴在身边的时间其实也就只有前面短短的十几年，所以若非朋友找到，我一般是会"自动屏蔽"掉有小孩的朋友，不希望他们把宝贵的亲子时间浪费在我身上，所以，即使这几年好多次想要约你也都作罢了。记得咱俩在朋友圈互动也说过要约却终未提上议程，而日子就这么一年又一年地过去了。

不知道你现在身体状况如何？其实从朋友那里听到的时候，我问得最多的大概就是确切的病症，即使是同一个器官的肿瘤也有不同的类型，有些类型凶险，比如2019年年底我的乐理老师被确诊3期胃癌，仅仅百日就不得不与他告别。而有些类型还好，比如我自己于2016年确诊甲状腺癌，到今天已经六年有余，虽然肿瘤也有增大，但还没到必须手术的时候。

我的病只有几个要好的朋友知道，除了我表弟外所有家人都是不知道的。之前有病友跟我说她永远不会忘记拿到结果的那一天，她可以清楚地说出那是哪年哪月哪日哪时，她痛哭，感觉人生就此结束了，她痛恨为什么偏偏就是自己。她问我，可我甚至都不记得那是几月了，结果也不是我去拿的，你知道我当时在单位上工作的节奏，我记得会议时手机一直响，我挂掉了，等开完会回过去，我先生说结果不是太好，让我去趟医院，我问怎么不好了，他说了句是恶性，我回了句知道了，就挂掉电话继续处理工作去了，那几天除了去医院就是自己疯狂地搜索资料，中文的，英文的，从初级到研究生论文，大概把自己看成了半个甲状腺癌专家，然后到华西找到朱医生表示我不要手术，我想随诊复查，也很开心地加入他当时的一个研究组，让他们每个月都对我做一次生理、心理的检测，留下一些数据，因为像我一样选择不去拆除这颗定时炸弹的人很少，所以我感觉自己在为科研做贡献，可不到两年项目就因种种原因终止了。后面又跟北京的监制朋友说起来很想拍一部与癌共生人群的纪录片，因为现在癌症的发病年龄确实越来越年轻，而医学也在发展，希望能让大家客观地正视这类疾病，也希望能鼓励到更多的人。那几年找平台，拉赞助，虽然因为客观原因现在完全搁置了，可我也没气馁，还存着这个心思，觉得自己终究有一天能完成。

我不知道你的心路历程，你经历了比我更大的身体的痛苦，想来会比我有更深刻的感触与领悟。

我们的身体其实无时无刻不在与我们离别，每一天都有头发、细胞离我们而去，因此我们成熟，因此我们衰老。比如近一个月来，我能感受到肌肉在离我而去，因为骨折卧床休息无法运动的我就这么眼睁睁看着原本就不富裕的肌肉渐渐消失。我真想说，男人可以弃我而去，但肌肉不要啊。

我不知道你的身体经历了怎么样的浩劫，疼痛只能我们自己承受，想到你可能经历的疼痛就倍感难受。不知道你现在的情况如何，药物是否有了很好的效果？记得我也是在我的乐理老师确诊后跟他讲了我自己的事，结果他当时跟我说好羡慕我，一个癌症患者对另一个癌症患者的羡慕，这听起来多少有些讽刺，但却无比真实，甚至我自己也开始感恩，上苍虽然给了我一颗定时炸弹，却还没有立刻剥夺我生活的乐趣与尊严。不瞒你说，是从那之后我才开始真的很"养生"，早睡早起，饮食规律，少盐少糖少油，心态也变得超好，不急不躁，虽然大环境影响免不了焦虑，但不至于影响我的饮食起居，每日过得前所未有的健康起来。不怕你笑话，我其实一点儿都不怕死，但我怕失去对自己身体的控制，衰老和疾病都会导致我最可怕的情景出现，譬如最近骨折，我只是洗个澡就要耗光所有力气，即便我这么一个与癌共生的人也仍旧是不到病时不知健康如此可贵。

过去我们大概都透支了太多，身体才以它的方式提出了抗议。这也是在提醒我们换一种方式认真活吧。我从不怀疑你的勇气，我相信你在以你独有的坚定面对这一切。我也从不怀疑你的乐观，我想你大概兴许还跟我一样给这段经历编出了不少段子。我当然也不怀疑有很多人都在关心着你，有你最爱的家人在身后支撑着你。但不怀疑不代表不挂念，不怀疑不代表不心疼……

上个月某天早晨，我拄着拐去上班，走到院子里的时候，一个小朋友追过来问："阿姨，要我帮你么？"我笑了笑看着他回："谢谢，可是你也没法儿帮我呀，自己的路只能自己走啊。"

路的确只能我们自己走，但如果你愿意，哪怕只是陪你聊聊，这一路或许也少了些艰辛。

最后想跟你分享一个距离地球 5200 光年的玫瑰星云图。

星辰为泥　银河滋养

浅草

2022 年 8 月 2 日夜

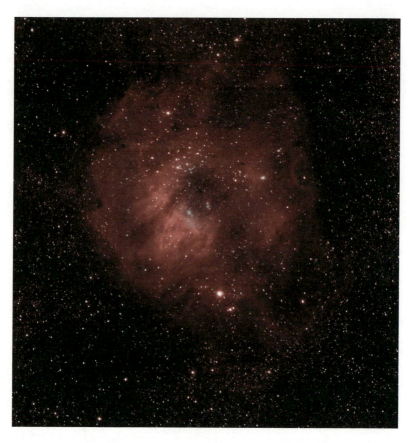

《玫瑰星云》

回笺：

早早你好，很感动在这样大家都敲出一段微信文字的时代，你还特意写了一封手书信邮寄于我。那个深夜，一定是一个静谧复杂的深夜。感谢你与我分享你的感受，给了我很大的力量。是啊，那时我俩作为两位惺惺相惜的前女高管，都在为了自己各自企业的上市没日没夜地忙碌着，对自己还算年轻的身体发出的哭喊全然不知。当时，或许就是因为自信自己的"年轻"，在迷之自信中无限透支，才会让身体给我们当头一棒。

我俩差不多一年的，翻年就40岁了，也不再年轻。或许是事业收获的年龄，但更是健康易碎崩塌的年龄。我在治疗过程中，有病友对我说，有一种癌叫幸福癌。乍一听很令人费解，但她向我解释道，如果人生中一定要体验一次癌症，最好是甲状腺癌这一类移动缓慢，对生命本身不构成威胁的病类。当大家都汇集在肿瘤医院里时，其他病人会无比羡慕甲状腺癌的患者，称之为幸福癌。

可能生活就是这样的，没有对比就不会感受到幸福。看看病房里那些愁云重重的各类疑难杂症患者们，幸福癌可能真的是最能让我们松出一口气的结果单了。

我甚至都不知道如果我换作是你，当时拿到那样结果的检查单，会是怎样的反应。应该和你一样，也是会若无其事地跑回工作岗位继续开会吧。麻痹自我的忘情工作，以"敬业"为由，放弃对自己内心的真实追问，才是我们每一个红尘里心灵麻醉自我最简单的方式。

你我都好好休养。待见面时，换下职业装，洗尽铅华，约杯素颜茶。

病友来信之喜马拉雅

英劼你好，闻讯你生病的消息，很是震惊，也很是心疼。想要来看看你，觉得祝早日康复这样的空话不如分享一个自己的秘密给你，或许这个秘密可以拥抱你我，在宇宙的深邃中修复自己。

你可能已经在朋友圈看到了，今年的3月我去了一趟珠峰大本营，大家都在朋友圈下面留言称赞景色的壮阔，为我点赞。可是没有人知道，我在今年2月刚刚完成乳腺癌手术和放疗的全套治疗。我是在去年确诊乳腺癌的，当时自己摸到了一个胸部的小肿块，去医院切了一块乳腺出来做活检以后确诊。医生的诊断意见是扩散风险极大，建议从腋下到胸部乳腺淋巴全切除，以除后患。我想我自己还这么年轻，问过医生的意见是否需要保乳治疗或者采取中医这一类的保守疗法，华西的主任对我说那些叫我保守疗法的中医都是不负责任的，未来扩散以后危害更大，甚至危及性命。于是，我在排了两个月的队以后安排了手术，并辅之一些放疗的治疗。中间过程我就不讲了，这其中的痛苦可想而知。躺在病床上的时候，我只在想一件事，我的愿望不是一直以来都是来一趟珠峰看风景么？结疗以后我一定要来。

所以，结疗后的第二个月，我就踏上了行程。

珠峰很美，在夜空下，我躺在帐篷里，看着漫天的星辰，一直在想一个问题：我的人生愿望为什么是一定要来到珠峰？我是要在这里完成什么？救赎什么？

风刮过我的耳旁，我开始哭泣。我为我自己哭泣，我为自己不明所以的前半生哭泣。我为我承受的痛苦而哭泣，也为我承受这些痛苦的因而哭泣。长期起来，我觉得我对待自己太残忍，那么多的要求，来自职场的，家庭的，婚姻的，那么多方方面面，我都没有做好。我为我自己达不到这个世界的要求而哭泣，也为这个残忍的世界而哭泣。我不停地痛哭，痛哭声在喜马拉雅星空的深沉里回荡，浩瀚的星空回应了我的痛哭，她对我说："孩子，你以前对你自己太残忍了。以后，对自己好一点吧。"

这场手术对我的伤害有多么地痛，仿佛在高原的痛哭声中给了一个回应。我不知道自己为什么生病，我深深地怀疑自己，是不是除了能力比人差，先天的基因就比人差，不能像超人一样的生活着，要用这样残缺的身体生活在这个世界上。可是，喜马拉雅的星空对我说："孩子，你和她们一样，对我来说都是同样平等的子民。我深爱着你。"

我停止不住地痛哭。

这场突如其来的疾病对我来说是惨烈的。我不知道如何我就中招了。我很努力地寻找我生病的原因，寻找隐藏在背后的，那些可能扑朔迷离和时隐时现的逻辑，在动机的后面去探索原因的位置，反过来又在原因的后面去了解动机的形成，周而复始，没有止境。然后我陷入无所适从，然后我开始怀疑，最终怀疑还是落到了自己头上。是我自己的问题，即使我不知道是什么问题。大概只是因为自己做得不够好吧。

我在感情上惩罚自己，觉得自己做得不够好，做得不够。我责备自己辜负了家人和他人的期望，责备自己没有选择一条不同的生活道路，没有取得更好的学位，没有从事更好的工作。生了病，特别容易厌恶自己，觉得生病的责任在自己，或者觉得自己正在遭受惩罚，生病是个报应。

而现在，当我躺在珠穆朗玛峰上，我觉得我放下了所有以前我认为自己的不好，所以做得不够好，也够了。从今以后，我不再欠任何人，不欠父母，不欠我先生，我没有任何再做得不够好的事情了。

我们曾经有许多理由不去善待自己，继续折磨自己。可是，这些理由都没有了。在喜马拉雅的星空里烟消云散了。

我们的文化促成了对疾病非常不利的态度，似乎染病就是某种脆弱的征兆，或者是个人的缺点。我们觉得生病可耻，得了重病尤其如此，这很容易导致一个人因生病而心生内疚，甚至因生病而鄙视自己。疾病有一个秘密，它伤害着我们大家。它使病患者感觉孤独和可怜，还使家人和朋友与他们所爱着的这个人有一种分离感。大家尽量避开他们讨论最重要的事情，每个人都觉得担惊受怕，小心谨慎，而且备感孤独。

这份从去年开始折磨我的内疚和孤独，在这片星空下，在这些狂风里，我卸下了。

我把身体放在地上，努力地让身体和高山合二为一，虽然那样坚硬的地面刚开始让我感觉很难受，不禁想起了手术室那让人不寒而栗的冰冷。但一段时间之后，不知道是身体习惯了，还是身体冻僵了，我感觉那种生硬的膈应感开始消失，我的双手和双脚开始和大地连在一起，无限地在高原上延续着，没有终点，感觉自己只是微不足道的小微粒，无限小，却又在一个与大地的连接中无限绵长。

这种感觉对我来说是陌生的。从去年确诊开始，身体就开始变得大而笨拙，占据了我的全部注意力。身体有了疼痛，要把注意力转移到别的事情上是不容易的，一门心思都在病痛，身体在指挥着你的整个生活，你的整个生活随机开始围绕着伤病疼痛、功能不良和衰败虚弱运转。身体有了伤痛，我们往往认为这是自我的伤痛。而躺在喜马拉雅星空下的那晚，我突然明白，身体只是我的一个组成部分，一个本应很小的组成部分。我们的生活所涵盖的比我们身体的形质部分要广大得多，我们凭借着我们的价值观和对善恶的评判去观察世界，去了解使我们之所以成为我们的那些事物。我们有感情，有思维，有直觉。我们与宇宙在一起。

是的，我们与宇宙在一起，这是我想要与你分享的秘密。

从 2 月结疗到现在，已经过去了六个月，在这样全新的宇宙的关爱中，我重新活了半年，也在努力地康复着。于我的一生中，我唯感谢这一次珠峰之旅。前半生所有的怨、不忿与不解，都在痛哭中放下了。

如果没有这场突如其来的疾病，我也不会有这一次前往圣地的旅程。可能我依然拖着，拖着，如之前一样，年复一年日复一日地在嘴上念着，迟迟不能成行。喜马拉雅的星空给我了宽恕，也给我了康复。我看一本书上说，人对于康复需要两个最基础的条件，就是韧性及能动性。韧性是重塑、自愈能力；而最高级的能动性，是超越、升华。从痛苦和努力中不放弃寻找积极的意义。我想虽然身体上经历了如此的伤痛和残缺，但是我的生命，却自此生长和积极起来了。

博尔赫斯说，任何命运无论怎么复杂漫长，实际上只反映一个瞬间，那即是人们彻底醒悟自己是谁的那一刻。

从这个意义上说，我也感谢这场疾病，帮助我去到喜马拉雅的天空，让我真正知道自己是谁。

愿你和我一样，是宇宙的孩子，在宇宙的拥抱中康复，并且更好。

Love and Regards.

荧荧

2022 年 9 月 22 日

回笺：

Dear 荧荧，展信大惊，从未料到，一直在事业中那么进取、努力向上的你会有这样的灰暗经历，或许现代社会中大家看到的日常光鲜的那一面都不是我们内心的本真吧。很感动你愿意与我分享如此私密的内心体验，在之前 3 月看到你朋友圈去珠峰的照片时，我还羡慕不已，认为是又一个在勇攀事业高峰的经理人在徜徉天地，是我不解背景而肤浅了。

你所提到的患病后的内疚和孤独感，我深有体会，也感同身受。还好当时我所在的一个项目已经面临颓势，不然如果处于光明前景的话，合伙人和团队的期望还真会加重我的这份内疚。曾有人说，内疚感是人类最感到沉重和自我折磨的一种感情，对自身健康伤害极大。还好，整个病期都有我的先生一直陪在我身边，陪我舒缓各种情绪，给我安全感，现在也算是顺利结疗了。

你所说到的自己一直在竞争，觉得自己不够好，这种感觉我以前也有过。还是个孩童时，我们在家庭和游戏场都有共同体的感觉。一旦上学，你就失去了共同体的感觉，因为在学校里，你马上就会被逼得要去竞争，要想方设法去胜过他人。成年进入社会之后更不必说，无时无刻不在竞争之中，互相争斗搏杀。我3岁读小学，比一般人入学年纪还要再早一些，所以说，快乐的童年对我来说是不存在的。我从记事开始，就在被迫竞争的状态中，不安并且惶恐。

一直到我最近才想明白，我们整个文化都嘲弄着我们，在生活的各个方面鼓励竞争。有人赢了，有人就得输。于是，你批评自己，贬低自己，因为没有做好，没有赢，没有当老大。可是当老二老三又有什么呢？我们再也不要以伤害我们身心的方式去评价我们自己了。每当你想起自己不好的事情时，就去想想好的事情，想想可心的事儿，想想那些善待自己滋养自己的办法。

我们都四十了，也算是成功地在这个世界上活了四十年了，就算后半生不再赢又怎样呢？前半生立下的那些想做而没有去做的事情，大概就已经够我们花去另一个半辈子了。

很庆幸你和珠穆朗玛有一个内心的约会。于我，我还得想想，我去哪里做一个宇宙的孩子。

想出来了告诉你。

Keep in touch.

Mercury

夕　歌

春天所有的路欢快的扭动

等待我们走错，并赐以歧路的惊喜

正在消融的河水泛着白光

原野尽情地敞开着

竭力让我们忘却生命之哀

洗手间的吹干机

打它发明以来
向来不喜用它
觉得那呼啦啦的风声太丑
聒噪而不知轻重

现在更是怕用它
那个风
看似有风向
实则让手上的水珠没有方向，不知该往哪里跑去
手连着手上的水一起无所适从
顿时想念手自然垂落，水珠落下的有序感
但是已经来不及
水珠都已被风吹死了

手带着一片死寂离开
感觉糟透了

三亚

2022 年 10 月 12 日

不疾不徐

盘子里的娃娃菜，我嚼完最后一根

两个盒子

一个打包干锅黄牛肉

一个打包扬州炒饭

明天的早餐和午餐

装盒、入袋

买单

再叫车

不疾不徐

都三十九岁了

我才做到不疾不徐

陵水

2022 年 12 月 19 日

2022 年最后一夜

每个人都在狂欢

告别这糟心的一年

每个人都精选着这一年的 9 张图片

告别这尤其难过的一年

我独自在书房

看着我的《两人对酌山花开》

我和她

今年相处得尤其多

她也暴躁过

也沮丧难过

但是在这最后的两个小时

她很平静

和我相处愉快

我摸摸她

你真的辛苦了 baby

让我叫你一声 baby 吧

虽然你比我的肉体要年长百倍

但是如今

你只是我肉体里的一个小 baby

如同你来到这个世界之初的样子

充满期待，也狂躁不安

面对这个世界

紧张，又恐惧

我们不需要和他们一起在外面热闹

我们不需要和他们一起在外面狂欢

我陪陪你

让你心安

我就心安

成都

桐梓林　书房

2022 年 12 月 31 日

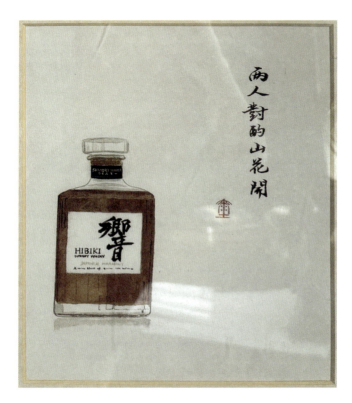

《两人对酌山花开》

康复日记

这是写给病友们的一章，

如果你和我一样不幸患病，

请耐心读完本章。

这是我的战争，也是我们的战争

"癌"之一字，人们谈之色变，没有人能改变过去，也从未有人能预言未来，我们正在经历的每分每秒都是自己送给自己的生命之礼。随心而发，虽然不知道现在的我是过去哪一个阶段的我的成果，但我知道，曾经患癌的我一定是我过往生活乱糟糟、情绪乱糟糟在某一个时刻的呈现，现在的我过好生活的每一天，由这场"癌"进入一个新的境界，接受它、抚摸它、适应它、治愈它并告别它，将带给未来的我更美好的成果。

从 2023 年 8 月我完成最后一次放射治疗之后，依然孱弱的我就告别了常常需要待在医院的日子，可以搬回家住。回家之后，除了每日还需按时服用口服化疗药以外，其他的饮食、作息就全然脱离了医嘱，需要适应全新的生活，以康复和维持身体的平衡状态为目标制订全新的方案。

瞬间脱离避害的环境，还有些茫然，如何才能回到正常的生活轨道上？至少，要保证五年内不复发。

癌的"诱惑"

当人类面临不可避免的危险时，身体首先会大于思想做出本能反应，本能地做出远离危险的举动，当然也有一些人来不及做出反应，这些人以活着为目的呆滞僵硬，直至危险解除，生物学家称这

191

种状态为僵直状态，而我称之为"装死"。这种状态极大概率会使危险因素放松警惕，从而为自己争取到更多生存机会。但是我们面对现代生活中的各种危险的时候，一定要提高警惕及时做出避害反应，提高身体素质，保持身体健康。国际抗癌联盟主席大卫·希尔曾说过，40%左右的癌症是由生活方式、传染病及环境或职业相关危害所引发。

WHO最新发布的统计数据中，2020年中国新发癌症人数为457万，占全球23.7%；死亡人数300万，约占全球30%；中国癌症新发病例和死亡人数位列全球第一，数据显示我国恶性肿瘤负担日益增重。

大部分肿瘤都不是瞬间形成的，医学上说肿瘤的形成至少有三至五年不良生活方式的潜伏积累期。现代社会毕竟不是远离压力和污染的古代，很多人都有着不怎么健康的生活方式，大家早已习以为常。研究表明，相当一部分新发癌症病例都与这种可改变的危险因素相关。现代社会生活节奏紧张，大部分压力都源自对自我生活期望值过高及对生活环境的焦虑，很容易出现烦躁、抑郁等情绪。而癌症喜欢"坏情绪"的人。

西方对人类最基本的恶念统称为七宗罪，其中包括嫉妒、暴怒、贪婪、暴食、色欲、懒惰和傲慢。这七种罪恶被认为是导致人类内在罪恶倾向的根源，是人类难以摆脱的恶习和弱点。每一种罪恶或直接或间接地影响人们的身体及心理健康，而健康的身心是我们抵御病痛、降低罹患癌症风险的有效手段。

中国医学科学院肿瘤医院官网上写道：许多的癌症与心理、情绪有着直接或间接的关系，精神创伤、不良情绪，都有可能成为人们罹患癌症的先兆。

总而言之，生病的原因是多种多样的，很难溯源，或许是生活方式不健康，或许是遭受不良情绪的创伤，或许就是单纯的遗传基因中了缺陷"彩票"，可是在康复的路上就必须要做到门门摸清，精准下药了，身体要管，情绪要管，动静皆要管，内外皆需平。

这是一个重新制作人体说明书的过程。

从口入手，回家吃饭

cancer 这个单词出现在英文中的时间很早，相传在希波克拉底时期，公元前 400 年左右，西方的医学之父希波克拉底，在解剖一个癌症病人的时候，发现癌症病灶非常坚硬，而且因为血管的生长，呈现张牙舞爪的状态，看起来就像是一个螃蟹。所以他当时就用了希腊语的"大螃蟹病"来描述癌症，后来转译为拉丁文 cancer，再转成英文的时候，也保留了 cancer 这个说法，所以"癌症"这个词和螃蟹一样，共用了同一个单词。而"癌"这个字出现在中文里的时间很晚，以至于在古老的中医体系中是没有定义癌症这种病症的名词出现的，在近代翻译的过程中，cancer 没有被翻译为病字头下趴着一只螃蟹，而是翻译为癌，字形为病字头下三个口，意喻着这是一种由吃东西不对而引发的疾病。病从口入，三个口，预示着病情的凶猛。

既然癌由没吃对而发生，那么抗癌，能否从改变自己的饮食习惯开始?

食物，无声的抗癌战士。科林·坎贝尔博士将肿瘤生长的三个步骤与杂草的生长进行了类比。虽然种子具有潜在的危险性，但是种子会长成什么样则取决于土壤、水分及阳光的适宜性。我们的身体就像是种子，自我调整其实就是在调整我们的身体状态，饮食则是在调整我们身体所处的环境进行营养的正确摄入。体重控制、膳食补充已经成为我们抗癌路上最关键性的因素。

即使在今天，癌症仍然是死亡的同义词。20世纪70年代，科学家们开始研究食物的摄入与癌症病人的关系。在众多的防癌方法中，有一种观点特别引人注意：饮食仍有希望成为防癌抗癌的一种有效手段。

日本的医学界提出，病从口入，近40%癌症是吃出来的，近70%的人每天都在食用诱发癌症的食物。53%以上的癌症患者因不注意饮食而导致病情恶化。只有注意饮食，早发现早治疗，才能达到90%的癌症治愈率。

抗癌饮食的重要性

全世界癌症发病率最高的两个国家是哪？澳大利亚和新西兰。要是不查资料我也是绝对不会相信的。发病率高的这20个国家绝大多数都是发达国家，这其实有几个很重要原因，比如说，发达国家的饮食更加的不健康。他们吃很多肉蛋奶类，这些东西过量了，对身体不是特别好。亚洲在二十世纪七八十年代的医学统计数据中，还处于患癌的低发区域，大量欧洲医生到亚洲来考察，发现亚洲人的饮食习惯极好，亚洲以谷物为主的饮食和地中海饮食一样，并列在全球健康饮食习惯之首。而随着近些年亚洲国家工业化进展的发展和饮食习惯的改变，亚洲也"一路飙升"进入癌症高发区域。

从小到大，我就是一只肉食动物，用"无肉不欢"来形容我实在是太恰当不过了，若问起我最爱的菜，立刻跳入脑中的就是西餐厅里一大盘各式各样的肉类拼盘，最好是牛排、香肠、火腿，加上我体质属于不易长胖体质，大量的肉类实在让我开心。蔬菜对我来说着实是食之无味，如同嚼蜡。打我还是一个孩童时，我就已经在和我妈妈，在关于如何躲避吃蔬菜这件事情上斗智斗勇了，在我成年以后，自然放任肉食与外卖，不知不觉中，蔬菜、水果和粗粮摄入长期处于严重缺乏的状态。

营养在许多癌症的发展过程中起着至关重要的作用，恰当地选择食物能降低甚至避免患癌症的风险，我们在治疗过程中能够通过饮食最大程度调理好自己的身体，以最佳状态做抗癌斗争。

抗癌饮食小贴士

食物名称	食用指南	食物名称	食用指南
番茄	√	蔗糖	×
卷心菜	√	火腿肠	×
胡萝卜	√	腊肉	×
蓝莓	√	烤串	×
石榴	√	碳酸饮料	×
橙子	√	酒	×
柠檬	√	泡菜	×
荞麦米	√	辣椒	×
黑米	√	鹌鹑	×
鲑鱼	√	羊肉	×
鳕鱼	√	奶油	×
大豆	√		
橄榄油	√		
花生油	√		
葵花籽油	√		
绿茶	√		

植物性食物：蔬菜、水果与谷物的作用

蔬菜

在放疗阶段，由于射线对于味蕾的统一剿杀，让我在长达四个月的时间里吃任何食物都如同嚼蜡，自然也就觉得蔬菜和肉类本身没有分别，都是一样无味。在逐渐恢复味觉的过程中，不知是不是过往太过于油腻的身体内环境得到了清理，在慢慢咀嚼蔬菜的时候，我也开始逐渐感受到蔬菜的芳香，有一股极淡的来自泥土的清香滋味。

我感觉自己像一根从泥里挖出的藕，在常年食肉、口味辛辣的生涯里，味觉已经被严重遮蔽，感官通道堵塞得像一块板砖。化疗药物就像一根大水管，在我的身体内不断冲刷着，慢慢又把藕洞一点点清洗出来，让我可以闻到非辛辣以外的其他芳香。

在众多纷繁复杂的植物中十字花科蔬菜富含芥子油苷，其含量约占十字花科蔬菜营养物的1%以上。芥子油苷类植物化学物分解成异硫氰酸盐后能发挥出重要的抗癌作用。目前，大量的动物实验资料显示，这些蔬菜中的异硫氰酸盐具有有效的抗癌作用。卷心菜、紫甘蓝、白菜、花椰菜、小萝卜是我们可以经常选用的一些蔬菜。其中卷心菜，是我最喜欢的十字花科蔬菜，因为它可以同我不能再食用的腊肉一起炖煮，保留了腊肉的香味，也保留了芥子油苷类的健康功效。

研究证明，番茄中的番茄红素有一整套的抗癌营养物质，这些营养物质联合作用，可延长前列腺疾病患者的寿命，但是番茄必须

196

经过烹煮，才能释放出其含有的营养物质，因此我们在日常生活中也可以多吃一些番茄。

胡萝卜是我们生活中常见的蔬菜，研究人员在上海进行过调查，在对胃癌患者的研究中显示，人体血清中 β-胡萝卜素含量高的人患癌概率比 β-胡萝卜素含量低的人低 54%。由此可见，胡萝卜中的 β-胡萝卜素很大概率能对胃癌起到有效化学阻防作用。

浆果的时代

浆果类水果是西方最为推崇的抗癌食物之一。西方医学研究人员认为，花楸果与某种常规化疗药物共同使用比单独使用该药物杀死的癌细胞更多。20 世纪，理查德·贝利弗用覆盆子在实验室进行抗癌实验，实验表明覆盆子中的鞣花酸可以减缓老鼠体内的肿瘤生长。

像蓝莓、石榴、草莓等，不仅含有较低的糖分，而且富含抗氧化物质和纤维素等营养物质，有助于提高身体免疫力和预防炎症反应。蓝莓含有许多营养物质，它的颜色主要来自其富含的花青素。花青素是一种天然色素，具有很强的抗氧化能力，可以清除体内的自由基，减少氧化损伤。

浆果类水果是维生素 C 的重要来源之一。研究表明每 100 克蓝莓中含有 16 毫克的维生素 C。适量食用浆果类水果可以增加人体对这些营养物质的摄入，有助于保持身体健康。

总体来说，浆果类水果是一种西方的叫法，如果在超市里购买蓝莓这类贵族水果成本偏高的话，我们中国也有一种土生土长的浆果类水果，同样是抗癌神器，那就是，李子。李子的身价远不如蓝莓、草莓这类昂贵，但是在花青素含量上却丝毫不输，也不知道在中国古代，有没有人患癌之后成天把李子当饭吃，不知不觉中又把病治好了的故事。这个故事是我臆想的，无从推论，但此时此刻正在吃李子的我，正在为省了每日必须要吃一盒蓝莓这样大的生活开销而感到庆幸无比。

橙子、柠檬

这类水果属于柑橘类水果，含有多种营养物质，如维生素 A、钙、镁、磷、叶酸等，且含糖量较低。每 100 克橙子的果肉中含有大约 53 毫克的维生素 C，它是一种强效的抗氧化剂，可以提高我们的身体免疫力。这类水果含有丰富的膳食纤维，能助力于肠道蠕动，增加饱腹感，调节血糖和血脂，预防便秘和结肠疾病等。

橙子中含有丰富的类黄酮类化合物，如柚皮苷、橙皮苷等。这些生物类黄酮具有抗氧化、抗炎、抗癌等多种生物学功能。

糖类产品的升糖指数是衡量它们对血糖升高程度的指标。对癌症病人来说，合理摄入糖分既能够维持身体所需营养，保持血糖稳定，也避免血糖过高给身体带来负面影响。

谷物

米饭作为广大群众主要能量来源之一，也是癌症患者饮食中的重要组成部分。

谷类食物指以谷物为主要原料制成的食物：荞麦米、大米、玉米等。它们都是生活中重要的粮食作物，这些粮食作物成为我们生活中常见的食物材料。但实际在生活中，我们很少去吃荞麦米、玉米、黑米这样的食物。颗颗饱满的精制大米早就成为我们的日常首选，而对癌症病患来说，需要反行其道，多吃那些颜色深浅不一、粗粝感十足的谷物。

粗粮中含有更多的膳食纤维和营养元素，我们在抗癌的过程中可以选择粗粮米饭，如糙米、黑米、小米、荞麦米等。

对我们中国人来说，食用谷物的场合远远多于食用面粉，但依然还是要对年轻人说，精制面粉和精制大米一样，能减少摄入就尽量减少摄入，如面包坊里售卖的面包，大部分都是精制面粉加上白糖所制，对生病之前的我来说，那就是每天早上给自己买的例行早餐。可对现在的我来说，面包坊的精制面包已经戒掉了，早餐尽量在家吃豆浆、牛奶、鸡蛋、杂粮、水果之类。

优质蛋白质：鱼类、豆类、奶

鱼

鲑鱼是富含 Omega-3 脂肪酸的食物之一，Omega-3 脂肪酸是一种必需脂肪酸，因为人体无法自行合成这种脂肪酸，只能通过食物来获得。Omega-3 脂肪酸分为三种类型：ALA（α-亚麻酸）、EPA（二十碳五烯酸）和 DHA（二十二碳六烯酸）。它们能够促进心血管健康、降血压、降血脂等，能够减少关节炎的发生、提高免疫系统和抗炎能力，有助于预防和减轻情绪障碍，甚至有可能预防癌症等慢性疾病。因此，Omega-3 脂肪酸被认为是一种非常重要的营养元素，人们可以适当摄取这种营养元素以保持身体健康。

鳕鱼不仅可以补充人体所需的蛋白质、铁等元素，同时还含有丰富的 Omega-3 脂肪酸，有助于降低胆固醇。三文鱼、虾、蟹这些食品含有较高的蛋白质和维生素 B，也可以适当食用以补充身体所需的特定营养物质。

值得注意的是，虽然水产品营养价值比较高，但我们还是需要注意到，某些食物一起食用并不能成为完美搭配，反而会影响到我们的身体健康。

奶制品和海鲜同时食用会产生大量的胃酸，其中海鲜中的蛋白质、钙离子与奶制品中的脂肪、酪蛋白分子结合，蛋白质和钙离子难以被人体吸收利用。酪蛋白和鱼类蛋白质同时存在时，会产生不易消化的凝块，极易腐烂，释放出泛醛和次甲基脲等致癌物质。

大豆

大豆是社会各界公认能对抗癌症的食物之一，因为大豆中含有可以对抗癌症的抗氧化剂与植物性雌激素（大豆异黄酮）。这种化合物能模拟雌激素的作用，从而对乳腺癌、子宫内膜癌等具有积极的预防作用。

美国癌症协会表明，乳腺癌患者可尝试适量食用大豆制品，有利于促进抗雌激素（它莫昔芬）在体内的平衡。

法国食品安全署也表明，乳腺癌患者可以通过适量摄入大豆制品以起到抗癌的积极防护作用。

豆浆：将大豆浸泡后磨成豆浆，可以加入适量的糖进行调味。

豆腐：豆腐是豆制品中最为常见的一种，它可以作为菜肴或糕点的原料。

豆芽菜：将大豆发芽后，制作成各种素菜或拌凉菜。

大豆粉：将大豆磨成粉后，制作成豆腐皮、豆皮、豆腐干等食品，也可以作为烘焙原料使用。

值得注意的是，患乳腺癌的女性需要控制这类饮食，法国食品安全署已建议这类人群需要适度控制大豆摄入，每日摄入尽量不超过一杯豆奶的量。

健康脂肪——橄榄油、花生油的力量

市面上有多种类型的油，其区别在于它们的来源、加工方法、脂肪酸成分、营养含量等。若不是患病，大部分人对油都不会有什么直观的认知，只会觉得油都差不多，能炒菜做菜做行。油，是我们一日三餐健康饮食的关键。工业革命以来，产生了大量奇怪的以前没有过的油，一些油脂对身体有害，摄入过多或长期食用，身体积累的有害物质便会越来越多，最终量变导致质变，造成不可预计的后果。以下是一些比较健康的油品：

橄榄油

橄榄油中含有较多的单不饱和脂肪酸，是一种获得普遍认可的食用油。它含有许多有益健康的成分，有助于维持心血管健康。橄榄油对我们身体抵抗炎症有着很大的帮助，并且可以促进胃肠道的健康。

橄榄油中含有丰富的抗氧化物质，如维生素 E 和类黄酮，对减缓衰老和慢性疾病有着一定程度的帮助。

花生油

花生油比较适合炒菜，因为其沸点较高，且含有较高的单不饱和脂肪酸和多不饱和脂肪酸，有助于维持我们身体内正常的胆固醇水平。

葵花籽油

葵花籽油是一种新型植物油，由葵花籽榨制而成。这种油含有高达 70％的单不饱和脂肪酸，而这种脂肪酸对于降低胆固醇、降低心血管疾病风险非常有益。其蕴含的丰富的抗氧化剂，在延缓衰老、预防癌症、维持眼睛健康等方面都有帮助。重点是葵花籽油中含有大量的维生素 E，它是一种非常重要的营养素，可帮助我们增强免疫力、促进细胞再生等。

这种葵花籽油不适合高温深度烹调，虽然它耐热且稳定性好，但在长时间高温加热的情况下，会产生有害的自由基。

如果我们在外面餐厅吃饭，很难冲进后厨去了解对方使用的是何种油品，所以在康复期，一定要选择在家吃饭。只有在家准备食物，才有可能明确自己使用的是哪种油类。

绿　　茶

　　绿茶是我国六大茶类之一。用茶树的新叶或嫩芽，经杀青、整形、烘干等流程制作而成。这种未经发酵的茶叶保留了鲜叶原生态。茶氨酸是茶叶中特有的氨基酸，而绿茶中含量较多的茶多酚（儿茶素成分），具有抗氧化、抗炎等多种功效。

　　联合国曾发布研究，每天喝三杯绿茶与喝一杯绿茶的相比，癌症复发的概率要小 57% 左右。医学报告也显示，绿茶的抗氧化、抗炎等作用对于预防和辅助治疗癌症确实有一定的帮助。儿茶素可以调节炎症反应，降低炎症介质的产生，从而减轻炎症反应；也有助于降血脂，改善血液循环，对预防心血管疾病有所帮助。

　　我生病之前是红茶的狂热爱好者，一日两杯红茶和一杯咖啡是家常便饭，生病之后我便改为饮绿茶。但因为我肠胃受损严重，常常在饮用绿茶后寒胃和呕吐，真是进退两难。所以一定记得绿茶不可空腹饮用。

烹饪技巧：保留食物的营养价值

　　不同的烹饪方式会不同程度影响食物中的营养成分和产生的化学物质，从而对癌症的发生风险产生影响。我们应该怎样正确地烹饪呢？

炒、煎、烤、炸

在这些烹饪过程中，食物发生高温反应，变化成人能安全食用的熟度。这些烹饪方式均是我们生活中常见的，这些方式烹饪出来的食物也符合大部分中国人的饮食习惯。不过我们需要注意的是食物中的蛋白质和碳水化合物发生过度高温反应，可能会产生多环芳烃和丙烯酰胺，这些物质与一些癌症的发生密不可分，如结肠癌和胃癌等。我们在选用这些烹饪方式时需得注意食物的制作时间，尽量多地将食物营养物质留存。

炖、煮、蒸

这类烹饪方式相对比较温和，不会产生高温烹饪时产生的致癌物质且可以有效保留食物中的营养成分，如一些食物自身所带维生素和矿物质。蒸煮蔬菜还可以保持其纤维和抗氧化物质的含量。

烧烤和烟熏

烧烤和烟熏食物时，燃烧产生的烟雾和多环芳烃会附着在食物表面，而这些物质被认为与癌症的发生有关。比如烤制肉类时，肉类所含脂肪滴入火炭中引发的烟熏，便可能产生致癌物质。因此，过度食用烧烤和烟熏食品可能增加患癌症的风险。

即使不吃，长期处于烟熏环境中也很容易致癌。我有一位鼻咽癌病友，因为酷爱艾灸，在结疗康复后时常去艾灸养生，一年后再度复发。医生说老去艾灸，和你老去烧烤有什么区别，都是烟熏火燎的环境。这位病友二度进入化疗，我想这次他会彻底戒掉艾灸了吧。

腌制和加工

腌制和加工食物时常大量使用盐、糖、醋等调味料，以及防腐剂和添加剂。高盐和高糖摄入与某些癌症（如胃癌）的发生有关。腌制时产生的亚硝酸盐也是高致癌物质。作为一个土生土长的川渝人，我从小到大都是香肠的狂热爱好者，一度在工作繁忙的阶段，只要自己在家做饭，就是切一截香肠煮来吃，早上下面，晚上就米饭。一个冬天的香肠储备量通常能够我放开吃到第二年夏天，很难说我这次生病和爱吃香肠有关，但不可否认的是，我永远地告别了我最爱的食物，这个美味的食物从我家的冰箱里直接消失了。

合理的烹饪食物可以帮助我们降低与食品烹饪方式相关的癌症风险。建议尽量多样化使用烹饪方式，避免过度依赖高温烹饪这类方式。使用高温烹饪时，尽量控制食物的烹饪温度和时间，避免食物过度烤制或炒制。减少烧烤和烟熏食品的摄入，如果烧烤，可采取一些方法减少烟熏物质的生成，如在烤架上放置铝箔来避免食物与炭火直接接触。

我们需要增加新鲜蔬菜的摄入量，而且是通过蒸、煮和生吃等方法来食用。蔬菜富含的纤维和抗氧化物质，有助于我们降低罹患癌症风险。重要的是，癌症的发生风险是受多种因素影响的，包括遗传、环境、生活方式等。采取上述健康的饮食和生活方式，可以综合降低罹患癌症的风险。

此外，以上提到的与烹饪方式相关的癌症风险是基于社会普遍趋势得出的，而个体之间的反应可能存在差异。因此，在选择饮食时，我们需要考虑综合因素，并保持适度和均衡的饮食习惯。

饮食习惯：如何建立抗癌饮食计划

饮食在预防和治疗癌症中起着非常重要的作用，我们可以制订一个健康的饮食计划，确保摄入足够的营养。食用适量水果和蔬菜、适量的蛋白质和健康脂肪，确保计划中包含对抗癌有积极影响的食物，如抗氧化剂和抗炎食物，以此来调整身体机制，补充身体缺乏的营养物质。在抗癌路上，保持良好的体质与心情来应对接下来的各种困难。

日本有一位医生济阳高穗，患癌后开始研究食物，转型做自己的主厨，十四年追踪调查，研究出一套食疗法，并将食谱出版成一本书——《癌细胞害怕我们这样吃》，感兴趣的朋友可以找来看看。我在研究了食谱以后，结合我自己的口味和食量情况，给自己也制订了适合自己的食谱：每日食用至少400克不同种类的非淀粉蔬菜和水果；每日红肉的摄取量低于80克，毕竟我实在爱吃猪肉，无法完全戒掉，但除了新鲜猪肉以外，加工肉制品一概不吃；每日摄入膳食纤维25—30克，通过食用各种蔬菜、水果、全谷类等食品来实现；选择低脂肪的食物，如鱼类、禽类、豆类、水果、蔬菜等。

为了让我自己更好的遵循这个饮食计划，我"昭告天下"：从此以后我三顿饭都在家吃，并请所有人监督我。好消息是不会再有任何朋友和我约饭了，即使是过往难以推脱的宴请，我也有了合适的理由婉拒，那就是我现在的饮食结构基本在外很难选到合适的饭店，只能在家吃了。好在友人们都知道我遭受的这一重大劫数，不再强行邀请，于是总是和大家喝完茶或者咖啡即散，对本就不喜应酬的我来说，也是一种方便解脱。

身 体 密 码

如果说在食物进食方面，中西医的观点基本一致，那么对运动康复来说，两者的观点就差异迥然了。

美国肿瘤学会发布的关于营养与运动预防癌症的指南表示，成年人应该保证每周至少一百五十分钟中强度或七十五分钟高强度的运动，在这七天中合理均匀安排时间最佳。青少年每天需要进行一小时左右中强度运动，每周至少三次高强度锻炼。因为运动可以降低体重、改善身体免疫系统功能、减少慢性炎症，从而减少癌症的发生风险。

与其说是运动预防癌症，不如说是有氧预防癌症。原因很简单，癌细胞厌氧。有氧运动能刺激人体内 miRNA 的表达，miRNA 作为抑癌因子调控癌细胞的有丝分裂，阻断其增殖和扩散，抑制癌细胞对我们身体的侵袭，即它能够降低癌症风险，减缓身体中的癌症进程。

对于"适量"的定义，是中西医的差异来源。中医普遍认为，患者需以静养为主，适量的运动仅限于慢走、太极等几乎等同于静止的运动，属于形动神静。在征求了各位不同医生的建议之后，结合自身的情况，我给自己制订了一份独属于我的康复运动手册。

我本就是不喜运动之人，能坐着不站着，能躺着不坐着。过往每周一两次前往健身房的运动，全然不是为了身体健康，仅仅是为了保持身材穿衣好看而已。现如今，身材塑形已经完全不在我的考虑之列。现在走五分钟路就开始气喘吁吁的我，思考的是如何让自己的心肺功能和造血细胞慢慢通过适量运动恢复到正常状态上来。

散 步 与 快 走

快走是一种适度而有效的有氧运动，可以提高我们的心肺功能，增强心肺系统的耐受力，有助于缓解癌症治疗过程中的疲劳、呼吸困难等症状。

结疗五个月后的我，由于不停按照食谱吃，但却不能开展任何消耗卡路里的运动，无可避免地开始发胖。看着自己不断长胖的身形，我再度走进健身房，恢复在跑步机上的适度慢跑，连续三天下来，我感觉自己会猝死在健身房。心脏完全无法负荷，我当机立断决定停止慢跑，改为快走，或者说，规律性的散步。

快走的有氧可以增强免疫力，提高身体对癌症和其他疾病的抵抗能力。如果无法达到快走，规律的散步也可以促进淋巴、血液循环，有助于维持免疫系统的正常功能。

散步是一种简单且易于实施的身体活动方式，适合大多数人。去户外走一走，加强骨骼和肌肉，减轻疲劳和抑郁情绪。湖北省武汉市第八医院外一科副主任陈超认为下午5点到7点是最合适的散步时间段，这个时间段人体新陈代谢快、心脏跳动和血压调节处于最佳平衡状态，体温较高，肌肉容易被激活，对锻炼者来说更加安全。

八 段 锦

八段锦是一套我国传统的健身功法，由于常年在广场上和太极一起被老年人喜爱，而被年轻人认为是老年保健广播体操。当我患病住院之后，医生嘱咐我在化疗期间只要能起身，就每日早晚各打一遍八段锦。于是便出现了在化疗的前三个周期里，我和我先生两个人不顾其他病友的眼光，两个人在走廊上照着平板电脑上播放的八段锦视频打起了歪歪扭扭的保健拳。

医生说，八段锦是一种温和的有氧运动，对运动者的体力要求不高，通过吐纳引导，调节身体气血经脉，增强身体机能，缓解化疗引起的身体不适。

癌症是一种消耗性疾病，它会消耗人体的能量、营养等重要资源。此外在治疗过程中，放疗、化疗等治疗方法也会对患者的身体造成负担，导致乏力、疲劳等。受身体状况限制，且免疫系统受到一定损害，我们往往无法承受剧烈运动带来的身体负担和压力，否则容易引起一系列的身体反应，包括恶心、呕吐、虚弱、乏力等。此外，癌症治疗中往往需要多次化疗和放疗，这些治疗一定会对身体造成不同程度的损伤，不适合做一些剧烈的运动，这时，八段锦因为操作简单、强度温和便变成医生建议的首选。

论起根源，八段锦是太极体系中简单的一支。在我出院之后，我拜访一位道医，问及他八段锦对身体恢复如何，他看我资质不错，直接建议我开始学太极，因为对中医而言，呼吸吐纳才是治疗疾病和康复的根本。

我极其认同老先生的观点，但因为要登门拜访他学习太极呼吸吐纳，始终觉得太过麻烦而迟迟未学，至今仍然停留在八段锦的阶段而乐此不疲。

瑜　伽

2020 年美国国家综合癌症网络发布的《癌因性疲乏指南》表示，瑜伽将被作为管理癌因性疲乏的一级推荐。癌因性疲乏被定义为一种与癌症或癌症治疗相关的令人痛苦的、持续的、主观的认知疲劳，通常是由治疗导致的身体和心理方面的疲乏，很难通过简单的睡眠或休息来缓解，所以我们需要寻找方法改善这种状态对自己的影响。

据统计，约 52% 的患者存在疲乏困扰，罗切斯特大学医学院曾对 400 名左右癌症康复者做过对比实验，多数人因患乳腺癌接受过化疗。其中一个实验组成员每周都会做两次温和的瑜伽运动。这些成员中 22% 的人睡眠状态有所改善，比对照组中睡眠转好人数高出 1 倍，另 50% 的人表述自己不再容易疲劳。

瑜伽是一种传统的训练方法，由温和的运动、呼吸练习及冥想组成。通过调整体势与呼吸，刺激我们身体内部的腺体分泌，有肺部功能问题的人可以通过这种缓和的训练方式逐渐改善肺部功能。治疗进行到一定阶段，我们的身体已经不适合进行高强度的运动时，这种低强度的瑜伽成了我们的最佳选择，根据自身身体素质进行练习。

我在治疗期间也周期性地做过瑜伽练习，我发现瑜伽在改善癌因性疲乏方面有着明显的效果，很直观地表现在我做完瑜伽后晚上的睡眠质量有了显著的提升。

游　　泳

　　游泳是我现在能够尝试的、强度最为激烈的、和普通人无异的一个运动方式了。游泳属于一种全身性的有氧运动，能够锻炼身体几乎全部的肌肉，我们在游泳的时候膝关节承受的体重压力几乎为零，完全不用担心因为体重基数过大而造成膝盖损伤。它非常适合身体状况不太适合剧烈运动的人进行，比如我。首先，游泳能减轻癌症化疗和放疗等治疗方式所带来的一些副作用，如恶心、呕吐和疲劳等。其次，通过这种全身性的有氧运动，能够提高免疫细胞的抗病能力。研究表明，游泳可以增加淋巴细胞的数量，特别是 NK 细胞（自然杀伤细胞）的数量和活性，NK 细胞作为一种重要的免疫细胞，对运动有着极强的敏感性，并且对癌细胞和病毒感染细胞也具有相当程度的杀伤性。

　　我们可以进行每周三到五次，每次半个小时到一个小时的游泳运动，在教练的帮助下进行多元化的游泳训练。在抗癌前中期进行这类游泳训练是很有必要的。

　　结合中医的观点，水是寒凉的物体，体质虚寒的人不建议长期待在水中，以我自己的体质为例，目前已经结疗一年，每次游泳我能在水里待到的最长时间是十五分钟，十五分钟之后必须上岸恢复一阵已经乱到不能再乱的呼吸，重新深呼吸，吐纳休息。不过游泳确实是非常好的恢复运动，我在一次复查时遇到一位老阿姨，65 岁，做完化疗以后五年，坚持每周游泳，现在已经可以在户外冬泳了，她的女儿用"活蹦乱跳"来形容她的游泳身姿，真是让人叹为观止。

抗阻力训练

抗阻力训练是一种以增加肌肉负荷为主的训练方式，促进肌肉生长和肌肉力量。在癌症治疗中，化疗和放疗作为常见的治疗方法，有一定概率导致人体骨质疏松，其特征是骨密度降低，骨质变薄，容易骨折。化疗药物干扰骨细胞的正常生长和再生，放疗有一定概率会破坏骨骼中的细胞，并导致骨密度降低。当然激素治疗也是导致骨质疏松的一个关键因素。激素常存在于治疗某些类型的癌症药物中。

抗阻力训练可以帮助我们增强肌肉力量和身体功能，从而提高身体的抵抗力，帮助我们更好地应对身体出现的问题，减少骨质疏松和肌肉萎缩的风险，从而预防并发症的发生。这对运动量不足的成年人和老年人来说非常重要。

什么是抗阻力训练呢？

俯卧撑、深蹲、平板支撑、仰卧起坐都是抗阻力训练的方式，通过提供外部阻力来增强肌肉力量和耐力，达到刺激骨细胞的活动的目的，从而促进新骨细胞的生成，预防骨质疏松和骨折，增加骨骼负荷。值得注意的是，增加骨骼负荷是一个循序渐进的过程，适当地增加训练重复次数，例如，每周增加一到两次训练，或每天增加一到两组训练，以免对身体造成过大的影响。

对已经处于化疗或放疗阶段的人来说，自身的身体机能正处于受损状态，特别是本身患有骨质疏松等骨骼疾病的人，在进行抗阻力训练之前应该在医生指导下进行体重训练，遵循医生的建议，采取保护骨骼健康的有效措施。

以我自己为例，作为曾经在健身房尝试过平板支撑的人，我恢复平板支撑的训练比恢复游泳更早，大概是在结疗三个月左右便开始尝试恢复一分钟的平板支撑。虽然时常失败，但在循序渐进的过程中可以感受到自己力气和肌肉的恢复，是一个身体给予正向反馈的绝好时刻。

结疗三个月以后，我开始可以走出家门和朋友们开始下午茶和聊天时光；六个月以后，我的白细胞终于回到了及格线上，我征得医生同意，开始了康复后的第一次长途旅行。在长达一年的时间里，我的体力依然只能保持在每天完成 1 项工作或者会见朋友的强度，不过我也开始习惯了这种轻松的工作强度。996 的职场生活确实已经一去不复返了，除去工作以外，每天的其他时间要花费在慢走、阅读、看风景、练习乐器等养身运动上，早早过上了退休生活。怡然自得。

与癌共存，认识你的内心

世上只有一个真理，便是忠实于人生，并且爱它。生命，是我们存在于这个世界上的本质。它的存在不仅仅是一个生物学的概念，更是一个哲学、文化、道德等多维度的话题，它让我对这个世界有了更深刻的认识和感悟。每个人都有自己的经历、情感和价值，这些价值在产生的那一刻即成了过去，因为时间。 时间是公平的，无论此刻的我们在哪里在做什么，即使相隔千万里，也依然会在某一天相聚，也许那时你我的某一部分重新组合，生命序号重新排列，变成了一只蝴蝶、一朵玫瑰或一只飞鸟。

意志是一个人坚定不移地追求目标和实现愿望的能力，它需要坚强、执着和毅力。而心灵则是一个人内在的世界，是感受、情感、思想和信仰的集合体，它需要敏感、温柔和包容。

全国死亡人数中，癌症死亡人数约为 300 万例，成为我国居民死亡的主要原因之一。随着癌症治疗方法的多样化发展，病人的生存期逐渐被延长，带瘤生存开始成为一种普遍现象。对几乎所有人来说，这既是个好消息又使人不知所措。应对不可知的复发对医生来说已是习以为常。癌症就像是一把重重的锤子，在被确诊的那一刻重重落到心上，伴随而来的是极其痛苦的内心与压抑彷徨的目光。在不断地化疗放疗过程中，身体与心灵仿若被凌迟，这时候，人会极度的痛苦、绝望和无助。

这是一个具有连续性的过程。我们可以通过对自己的心理状态、情绪、心理需求等方面进行评估，更好地了解自己的心理状态和问题，并制订相应的治疗计划。

动生阳，静生慧。感谢我的家人们给我的支持，让我在长达一年的治疗康复期内，可以心无旁骛极其安静地审视自己的内心和情绪变化，像观察一个不相干的癌症病人标本一样观察自己。个人认为，饮食和运动固然重要，但克服情绪波动的心理建设工作才是康复的核心。灾后重建，信心比黄金还珍贵。

认 识 自 我

确诊时刻：停止思考"为什么是我"

前面说过，当生物遇到危险时，有一定概率会开启防御机制（僵直反应），直至危险解除。当我们经常处于僵直状态的时候，人们的心理大概率会绝望，这时候，心理一定经不起长期的惊吓，或许这些惊吓更多是源自自己的想象。身体的病痛，加上过度的想象，这无疑是一种新的心理疾病。

当确诊的那一刻，有人能在片刻的思考之后接受现实，积极迎接这次抗癌挑战，坦诚接受亲朋好友及医生的帮助。这部分人毕竟是少数。大部分人则被这一情况打晕，在僵直反应解除后进入震惊、恐惧或沮丧，开始屈服于当下的命运，一遍又一遍回想那些令自己痛苦的片段，最终沦陷在痛苦的回忆中不可自拔。

在癌症病房里，这样的病人比比皆是，有人抱怨婚姻，有人抱怨家庭，有人抱怨事业，可这世间谁的生活，又不是一地鸡毛呢？如果我们执着于不幸患上癌症的原因，会让自己在痛苦的记忆中沉溺，不断地走向抑郁和沮丧的情绪恶性循环。此时要做的，就是立刻强制性制止这样的病人的第一反应："为什么是我？为什么偏偏是我这么倒霉？"视它为一场偶然的悲剧，接纳生命的无常，转向积极治疗。

于我个人来说，我很感谢这场病痛，在这场无声的抗争中，我获得了比以前更美好更纯粹的感情，有更多时间去审视自我、认识自我。

于丹说一个人的意志可以越来越坚强，但心灵应该越来越柔软。

心灵的柔软和包容能够让人更加敏锐、理解和宽容。一个柔软的心灵能够让人更加平和、宁静和满足，也能够让人更加容易接受和理解自己的情感和感受，从而更加自信和自我认同。

恐惧、绝望、无助是每一个癌症患者的自然情绪反应，心灵因为恐惧变得僵硬也是正常反应，我们没有必要去抗拒它，但是当事情已发生，我们能做的只能是在僵直反应后接受这种负面情绪，与癌症共存，将这种负面情绪转化为积极面对的正能量。转化当然是一项异常艰难的操作，但是千里之行始于足下，当我们按下停止思考"为什么是我"的那一个键时，我们就已经开始阻挡我们的情绪往恶化发展。否极泰来，相信我，命运的齿轮会开始反方向转动。

积 极 治 疗

有个现象特别有趣，我们居然可以用自己的大脑控制自己的大脑。我们要去想一件特别有意思的事情，那我们的脑海中必定会出现与之相对应的画面。进一步来说，当我们心里想着去想一件从来没有接触过的事物，那么我们大脑将会处于一个完全空白的状态。人类的思考离不开因果关系的分析，我们总是会对事物做出我们认知范围内的反应，这就是因果关系的明显表现，有因必有果，有果必有因。

从某种意义上来说，世间事物互为因果，相生相伴。从患者的角度来分析，我们心灵越平静，治疗效果越好，治疗效果越好，我们的心灵越有安全感，便会越平静，反之同理。

哈默博士曾根据 500 位病人的资料进行科学研究，他发现在负面情绪的影响下，这些病人的脑中某个程序会出现编制错误，这种错误可以引起体内细胞的变性而产生癌症。

在我最痛苦的时候，我感谢药物时常让我处于半昏迷状态，这样让我不太有精力去思考失去工作、投资失败等等平时会让我火冒三丈的不幸事务。甚至连让我去畅想自己康复后能过上什么样的好日子的时刻也不多，因为我实在想不到康复之后能过上怎样的好日子，什么样的日子能被称得上是好日子。药物留给我的只有平静。

每个人都有自身独特的能量场，情绪、心灵与待人待事都受到这种能量场的牵引。在接受康复治疗期间，我们会经历各种身体不适的症状，此时自身能量会变得波动与内敛，这个阶段进行心理调节及适当的采取应对措施，能有效改善我们身体的负面能量和不适感。

康 复 管 理

肿瘤行为学的研究起源于 1977 年，科学家们普遍认为，肿瘤起源与基因突变有关。基因发生改变，导致蛋白质的合成发生异常，从而影响细胞的正常生长和分裂。这些基因突变可能是由于遗传因素、环境因素或者自然随机事件所导致。

英国学者发现，压抑消极情绪很容易发生癌瘤，这和我在病房里观察到的实际案例一致。压抑消极情绪通过神经递质和内分泌，影响人体全部生理功能与免疫系统活动，研究发现，C 型性格的人肿瘤发生率比一般人高 3 倍以上。当然，在我的理解中，与其说 C 型性格是对这类压抑、内向人的统称，不如说是对这种敏感、无助状态的总结。

所有医生都知道，癌症病人的精神状态对后续的治疗是非常重要的，所以激发病人的生存意识非常重要。很多病人在经历了重大危机幸存之后会转向宗教，一部分因为幸存者的感恩，一部分也是寻求敏感无助状态在精神层面上的终结。禅宗里讲，一切人类本是内心圆满自足，不需往外求。面向无常的外界，往外求终会容易失常、敏感和无助，所以禅宗思想的修心对病患来说是一味不错的解药。

抗癌之路本身就是一次危险且孤独的旅行，不同的治疗环境会促使我们不断去发现新的内容，这种未知的存在既是一种挑战，也是一种机遇。我们会不断地提出问题、寻求答案，不断地突破自己的认知边界。当然了，抗癌本身就是一场需要打持久战的战役。可以肯定的是，我们的主治医生会一直陪伴我们于这段抗癌之路上，他们会使用最合适的治疗手段为我们的身体进行最合理的治疗。他们尚在为我们的生命努力，那么，你准备好自己帮助自己了吗？

当你不断地接受化疗和放疗，这些治疗所带来的不良反应和后遗症慢慢侵袭身体，贫血、脱发、呕吐或者抑郁。你注射了既有治疗效果又会产生副作用的化疗药剂，你能感受身体带给你的某种变化，对这种变化刻骨铭心，从此你疲惫不堪。不单单是你，世界上还有很多像你一样正在经历这个痛苦的阶段的人，并遭受如睡眠障碍、认知障碍等困难。有些人治疗结束后，这种影响还可能持续数年，常规的休息是没用的，这是一种身理加心理互相作用的疲惫感，我们无法通过简单的休息、睡觉来缓解。

世间万物互为因果，外因会影响内因，内因同样会影响外因。

我们常常在工作之外没有一个滋养自己的爱好，你可以培养一个新的爱好，尝试性把它变为"骨灰级爱好"，像我们刚来到这个世界上一样，去接触各种不同的爱好，然后感受对什么感兴趣。像孩子一样重新进入一个新的爱好会改变成年人这种疲惫的状态，让你的心思活跃起来，和身边的人一起，打赢这场抗癌攻坚战。

去做你从来没有做过的事情，去森林看看，呼吸自然之气，看看早上 6 点的日出，在静谧的山中与大自然一起，感受植物生长的脉络，听听动物交流的声音。大自然是神奇的道场，拥有宇宙神奇的治愈能力。因为植物不产生念头，只产生氧气。

你还可以放下一切去陪伴身边的人，陪伴家人、朋友、爱人是非常重要的，这是我们生活中最珍贵的财富。他们或许是这个世界上唯一不和你谈业绩和目标的人、陪伴身边的人，常常感觉时间充裕得无穷无尽，就像我们小时候那样。在陪伴中，向身边的人表达爱与关心，其实就是在向内心的"我"表达爱和关心，这是一种安慰灵魂的方式，它能够让我们心有所依，爱有所承。

心 理 疗 愈

肿瘤是一种心身疾病，通常人们在治疗的过程中往往会经历身体和心理上的巨大压力，康复过程中特别容易出现各种心理方面的问题、行为障碍，甚至出现自杀的想法。目前我国癌症患者中，主动提出要求看心理医生的比例不足 1%，他们恐惧、焦虑和抑郁得不到有效缓解和宣泄，有人认为，看心理医生就是能够稍微休息片刻而已，这是一种认识上的误区。心理医生可以帮助病人建立积极的心态，增强治疗的效果。

多伦多大学的心理学家阿拉斯泰尔·坎林安博士在帮助病人做回自我的时候，一般会选择冥想及瑜伽的方式，他认为这样可以使他们能更真实地感受到内心深处的自我价值。这种人与人之间的陪伴和病人的自我修复使他们的生存时间比医生预测的更久。这些人更多时候会问自己："我是谁，我从哪里来，要到哪里去?"最后他们会将这些想到的结果写出来。

有些人说："癌症使我打造了一个'更强大的我'，它让我接受自己内在的自我并成为它的一部分，然后去享受生命。"

也有人说："我以前总是担心拒绝会显得偏执，但当我决定说不的时候，我会感到很开心。我想去看电影只是因为我想看了。我想画画就去画，虽然我不擅长，但是我很平和愉快，这就够了。"

心理咨询在国外已经是一种非常普遍的现象，看心理医生的人群也非常广泛，不仅是有严重心理问题的人需要看心理医生，有躯体疾病的患者也会看心理医生，遭遇重大创伤生活事件的人也会看心理医生，如丧亲、离婚、家人患重大疾病等。但是在中国，由于心理咨询是个舶来品，这个行业的从业人员还大量存在良莠不齐的情况，如何选择一个靠谱的心理医生，可以替代家人成为支持患者的角色，对患者来说又是一个新的课题。

个人在这两年的康复体验中，有一个私人建议，目前在国内，想要选择一个优秀的心理医生，还不如去选择一个资深的名中医。优秀的中医秉承身心俱治的优良传统，本就是半个心理医生，再加上康复过程中本也需要营养支持上的建议，找对中医，一箭双雕。

总之我们一定要秉持坚定的生命意志，拥有柔软、平和的心灵，坦然地接受内心本我，从而面对挑战和战胜困难，让自己的生命变得更加充实、有意义和有价值。

冥 想 之 夜

每天花点时间与自己单独相处是一种对爱的根本实践。因为和自己的内心相处极其艰难，我们总是在担忧着未来，或者后悔着过去。在生病之前，我感觉我和网络上讲的那些永远安住在当下的人一样，工作的时候想着休息，休息的时候想着工作，连梦中也不能消停。这种无法安住在当下的不安全感看似只是一种直观情绪感知，但它可能会使我们产生抑郁和焦虑等情绪问题，进而转变为一种精神创伤。

加州大学洛杉矶分校曾经做过一项"正念禅修"的研究，最终他们发现禅修后的人身体里CD4细胞含量有不小提升。我们不知道这种宁静的心理状态是否与免疫细胞提升有关，但我们可以大胆猜测，这种安宁的心理状态可以减少我们肾上腺素和皮质醇的分泌，让我们的免疫细胞能更大程度地在我们身体中战斗。所以这种禅修对我们的益处是显而易见的。

在结疗之后的康复期，打坐冥想变成我最重要的康复运动之一。通过冥想，可以显著地培养自己的心灵力量，因为每个人的生命之火都存在于我们的心中，无论是作为患者还是健康的人，我们都需要认识真正的自己，不受任何外部因素所影响，尽情地去感受自己。

坐姿冥想：选择一种自己最舒适的坐姿让身体挺直，播放一段轻缓的音乐，然后闭眼保持舒适。让呼吸变得更加深沉和自然。你的思维开始游离，慢慢地深呼吸两次，感受身边的事物，例如风拂过皮肤的感觉、远处的声音等。不要定义自己的思维或感觉，不要去思考是否感受对了。只是让自己的思维和感觉自然地流动，接受它们。然后慢慢呼吸，张开手掌，感受风在指尖跳跃。

身体扫描冥想：坐下或躺下，闭上眼睛，慢慢放松身体。从头部开始，逐渐注意身体的每一个部分，一次一个部位。放松每个部位的肌肉，并观察身体的感受和感觉。这可以帮助你与身体建立更深的联系，促进身心的放松和舒缓。

情感冥想：坐下来，专注于当前的情绪和情感状态。观察自己的情绪，不要评判或抵抗它们，只是观察它们的存在。通过接纳和放下，让情绪自然流动，并培养内心的平静和接纳。

记住冥想是一种感觉，我们现在所感受到的就是我们真正的自己，每天静下心这样练习五至十分钟，倾听自己，试着去驾驭我们内心的能量。在冥想过程中，重要的是保持耐心和持续性。

冥想对睡眠也有帮助。据《2020中国癌症患者生存质量白皮书》，研究人员对肺癌、肝癌、乳腺癌等11种类型的癌症患者的调查显示，其中大约有70%的人遇到了睡眠障碍。在抗癌期间，一个良好的睡眠状态对于身体康复和免疫功能的恢复至关重要，我们尽量在每天相同的时间上床睡觉，并设定固定的起床时间，以帮助自己调整生物钟并建立良好的睡眠习惯。我们需要创建舒适的睡眠环境，确保卧室保持安静、暗度适中，选择合适的床垫和枕头，避免电子设备的过度使用。

可视化练习

找一个安静的地方，坐下或躺下，闭上眼睛，慢慢放松身体。

想象自己的身体被一道光环包围，这道光环有着温暖、明亮和治愈的能量。感受这道光环环绕你的全身，为你带来舒适和康复的力量。

将注意力放在癌症患处或受影响的区域。想象这个区域正在逐渐变得健康、强大和愈合。也可以想象自己的细胞和组织正在愈合和恢复，癌细胞被逐渐清除，健康细胞被激活和增强。

想象身体的免疫系统正处于高度活跃状态，积极地抵抗和消除癌细胞。你可以想象自己的免疫细胞如勇士一样，勇敢地战斗着，清除身体中的癌细胞，保护你的健康。

在可视化过程中，保持积极的态度和信念。相信自己的身体有着自愈的能力，相信治愈和康复是可能的。

慢慢地将注意力从癌症区域转移到整个身体，想象整个身体充满着健康、活力和愈合的能量。感受身体的每个部分都在积极地回应这种能量，变得更加强大和健康。

最后，感谢自己的身体，感谢每一个细胞，感谢免疫系统的工作。表达对自己的爱和感激，让这种爱和感激的能量充盈身心。

制订你的抗癌模式

癌症治疗是一个漫长而艰苦的过程，我们需要保持良好的身心状态才能更好地应对治疗。制订抗癌行为模式可以帮助我们更好地管理自己的身体状况。我们可以建立一个规律性的打卡机制，记录我们每日完成的任务和活动，帮助我们跟踪复健进展，促使我们保持积极的抗癌动力。下面是我康复阶段的一个计划表：

抗癌计划表

时间	活动/任务
8:00 AM	起床并用药水冲洗患部进行保健工作
8:30 AM	健康早餐（全麦面包、温热水果）
9:00 AM	放疗后头颈部康复操，需终生练习
9:30 AM	进行三十分钟的有氧运动（外出慢走或在家八段锦）
10:00 AM	在线处理一些工作事务
12:30 PM	健康午餐（蔬菜沙拉、烤鸡胸肉、全谷物米饭）
1:00 PM	午休时间
2:00 PM	进行轻度活动或出门见朋友
4:00 PM	阅读或画画，进入艺术疗愈
6:00 PM	健康晚餐（烤鱼、水果沙拉）
7:00 PM	陪伴女儿，亲子阅读时间
8:00 PM	进行放松练习，冥想或瑜伽
9:00 PM	阅读积极正面的书籍或杂志，练习晚间康复操
10:00 PM	上床睡觉

哲学家纽兰德直白而全面地阐述了关于死亡的真相：一切生物，不管是金鱼还是可爱的孩子，都难逃一死。

在这场与癌症的搏斗中，我像是进行了一场激烈的战斗，这是一场没有硝烟的战斗，这场战斗没有退路，亦没有捷径，有的只是我对现代科技的百分百信任和一定能胜利的坚定。至少到现在，我认为我是这场战斗的胜利者，并且得到了生命的祝福。人生像是走到了另一个阶段，我能感知到我周围出现了很多以前感受不到的能量，或许它从最开始就一直在我身边，只是现在才感受到。

生命像一场修行，不管是一年两年，还是十年百年，我都希望接下来的每一天皆是美好且完整的，也希望你的未来美好而灿烂。

补述篇

窥见蚁穴

2024 年 1 月，我正坐在丽江的咖啡厅里，丽江的冬天并不暖和，但如果坐在阳光下，阳光的温度可以让人的经脉穴位觉得舒展。医生的建议是，放疗对颈部肌肉的损伤是不可逆的，冬天多去暖和的地方晒太阳，对肌肉僵硬后遗症有帮助。一如脖颈儿露在空气中空空一无的发呆，头脑里也是空空一无的滞纳。回想起去年，哦，不，前年一整年的治疗经历，恍若发生在昨天一样真实。咖啡厅里坐满了专程来这里自拍的小姑娘，调整了七八个角度按下，在不停的咔咔声中寻找自己最好的角度。世界从来都是这样不管不顾地往前狂奔着，在人人都顶着一张笑脸迎着阳光享受着美颜的日子，谁又会想到阳光背面的阴影。

去年 8 月，我正式完成了结疗一年后的首次全面大复查，医生给我做出了 CR 的批示，用四川话平淡地批复了一句：你这个 CR 了哈。CR 是在肿瘤治疗中的一个专业词汇，意为 Complete Release，完全缓解。医生看着 CT 片子说出这句话的时候并没有任何特殊的情绪，我只是他治疗的千千万万患者中的一名。而这个 CR 的宣布对我来说，宛如是一声来自战场的收兵号声，宣布士兵可以暂时离开这个战场，卸甲归田。

在结疗后的这一年，除了虚弱，身体感觉不到其他。也就是说，

《再回首》

　　我，在酒吧里，好像看到了刺眼的阳光下有个病了的女孩，她无助地暴露在阳光下，没有人看到她的阴影，因为大家都忙着自我欣赏。画的右侧唯一没有拿手机静静喝咖啡的是"画的作者＋老去的我们"。

免疫系统在以一种无声无息的方式在运作。咖啡厅播着周杰伦的《以父之名》，作为80后记忆深刻的音乐之一，MV里那一幕血腥的枪战场面自动浮现于我大脑中。我想起来那一场白细胞与肿瘤细胞的大战，就像黄帝与蚩尤之战一样惊心动魄。共工撞倒不周山，药物在我的身体里乱窜，每个血管里的药物连着血液如洪水一般泛滥成灾。过境之处，满目疮痍。而如今，废墟上重新建设起的这个和平盛世，比我预想得要更快。我的细胞们，正在努力一砖一瓦地构建起新的万里长城。

而在当初那道长城倒下之前，一定出现过很多端倪，身体一定拼命地给我发出过烽火连天的信号，信号弹都照亮整个夜空了，我都毫无察觉。

千里之堤，溃于蚁穴。第一个蚁穴，来自哪里？

我试图去寻找这个问题的答案，去茫茫然的记忆数据库里溯源一个线团的线头。我抬头望着丽江的天空，突然，两行泪夺眶而出。这不是喜马拉雅的星空，不是我跋山涉水历尽辛苦才能看到的壮丽美景，我的头顶，仅是一个普通的蓝天，一个随处而见的朴素的蓝天。而我却突然发现，我从未不带任何思想的，仅仅是看着它在我头顶上存在，仅是存在。

它在宇宙中存在了一百三十亿年，穿越宇宙大爆炸来到地球，和92种自然元素组合在一起，和阳光一起成为我头顶的蓝天。为了让我看见这一刻，它等待了我一百三十亿年。这本身何尝不是一种奇迹。抬头望着蓝天，一股感动的能量莫名席卷着我的身体，我的眼泪止不住地流。在过去的这一年里，我变得极其容易流泪，这一年我流下的泪水比前三十八年加起来还要多。眼角留下的这股我不知道它从何而来，但至少我可以确信，它并不来自我的脑子，因为此时此刻我脑子里并未有任何伤心的情绪存在，脑子里空空如也。这股泪好像是从心中涌出的，从心底深处的某个地方，如喷泉般升起，涌到我全身的毛细血管，不自觉地从眼角渗出。

激荡的能量在我全身流动，感受到它游走过我的每个器官，让人非常不自然。这并不是一种常见的感受。大多数时候，我们都意识不到身体里某个器官的存在。如果你意识到胃的存在，那么一定是胃疼了。如果你意识到腿的存在，那么一定是因为腿酸了。是的，当一切自然了，你才会感受到以前的不自然。在这种被激荡的自然震动中，你突然意识到，原来我们与大自然之间，是可以感受到能量的自然流动的。

或许我们远在一个孩童时，是可以感受到这种特别的冲击力的。但是，我已经完全记不得了。记忆遥远得如人类的远古。这种被天空荡击到每个细胞的力量，对已经活了三十九年的我来说，就像人类第一次踏上月球表面一样的触感新鲜。

第一个蚁穴，肉体机器崩塌，就是从不再如孩童般能感受到生命的壮丽开始的。

我的生命是什么时候被锁进监狱的？是从拿到人生第一个黑莓手机开始的吧。刚上班没几年，拿到了黑莓手机，把自己佯装成高管时刻不停地查收邮件，操心工作，全身心地投入工作。等自己如愿以偿做了高管，工作也从黑莓的邮件进化成了微信，从宇宙大爆炸般的微信群到无处不在的社群@，睁眼和闭眼之间的时间，全部黏在微信上。睡前最后一秒，也是在下达自认为今天没有完成的最后一项工作。每时每刻精力的牵动，自觉世界离了自己就不能转动，自己的在场比制造原子弹还重要，现在想来不禁哑然失笑。那些过往十年我在所有工作事务上投入的关注和精力，现在回想起来，头脑竟然空空如也，说不出一件自认为的可以在我生命里值得一提的成就。

这就是世界的魔幻之处吧。无数欢呼、掌声、奖章都在提醒你一路攀升的价值，让你认为自己在人类社会的康庄大道上扶摇直上，价值感无限增强，你自觉驾驶着自己的那辆车，还可以加油加油再加油，加码加码再加码，前方就是世界的巅峰，属于胜利者的成果就在前方等着你，与你只差一脚油门的距离。可那一脚油门，怎么就总是没踩到终点。

当你的车因为给油过度而报废，中途下车休息，你却突然发现，面前的道路并不是一条平坦的高速公路，而是一条循环往复的机器链条，前方根本没有彩旗和号角等待你冲刺终点，只有一个环环相扣且各条锁链在有条不紊作的巨大机器矗立着。你对这个巨大的机器感到陌生，因为你从未见过它，也从未从长辈或其他人口听说它的存在，你好奇地盯着这个高耸入云的机器，它一刻也没有停止高速运转，你看见无数的人在那里蹬着脚踏车像老鼠一样原地奔跑，他们并没有往前进一步，只是一直在原地打转而已，为这架巨大的机器产生着动力，贡献着源源不断的动力。微信、钉钉和飞书，每一个都毫不疲倦分秒必争地拉扯着精力。当最后一丝精力被耗尽，精疲力尽倒下之时，被当作医疗废物丢进了熔炉，为这架机器贡献了最后一丝动力。

我从这个景象中惊醒，当我拿到人生中第一个黑莓时，我就自动抱着走入牢狱的钥匙，欢欣雀跃地走入了一个格子间，并认为那是属于我的，一个独一无二的精彩格子间。我自己用钥匙把自己锁了起来，没有任何人逼我，在那里面待了十年，用一个手机屏和世界沟通，看着世界的光怪陆离，看着别人取得成功，赢得财富，不断地升起羡慕、嫉妒、匮乏，对事物变得越来越缺乏耐心，情绪越来越易燃易爆炸。任何人的成功都会刺激到我，因为每一个成功都提醒你还在奋斗的路上，依然没有拿到终点的奖牌。

其实什么是终点，你也并不完全清晰地知道，只是知道前辈们都告诉了你一个词，叫财富自由。于是我们继续踩着脚下的脚踏车，等待着天花板上某一天会降下来一个奖牌，写着专属于你的号码，上面写着"财富自由"四个金光闪闪的大字。

你幻想自己胸前挂着这样金光闪闪的一个奖牌，在无数年轻人、旁观者羡慕的眼神中，像马拉松冲过终点的冠军那样享受鲜花与掌声，在欢呼声中慢慢离开那个房间。幻想终究没有到来，只有积累得越来越多的情绪，日复一日，不满和匮乏像无数的石子堆满了一个容器，你终究无法拿那个容器正常的舀水和喝水。你情绪崩了，号啕大哭，却意外发现，那扇门一推即开，根本没有上锁。你随时可以推开那扇大门，从摩天大楼走回到地面上。地面在阳光的照耀下，长满绿油油的青草。这就是草地吧，我想，太久没有走到草地上，身体感到陌生而新奇。

这一刻，已经过去了十五年的时间，生命的华彩迸发出巨大的能量，像彩虹一样映射着太阳的光芒，绽放的光芒却被封锁在一个格子间里，这就是你看见的属于自己的万花筒。

对大部分工作者而言，都生活在相对良好的生活质量中，仅仅因为疲惫和劳累拖垮身体的还是少之又少，大部分拖累身体的其实是由情绪导致的身体消耗。永远无法得到终点勋章的念想和不满像黑洞一样蔓延，液晶屏上显示的别人的竞赛结果还在实时更新，反复刺激着你本就脆弱的情绪。猛然想起肿瘤病房里护士提出的那个灵魂拷问，爱生气的人容易得肿瘤？我以前从未正视过这个问题，我从不认为自己是一个爱生气的人，相反，世人对我的印象都是优雅知性，从不生气。看上去脾气极好的人，却可能是被人为困在了一个需要"冷静、通情达理、温柔、知性"的外壳里，外界的称赞何尝不是一种捧杀？从未发泄出来的气愤留在了身体里，不满、嗔慢、不解、期待、自责种种都如同毒药，每天被沉浸的现实浸泡着。外界对你的期望和评价就如同蜘蛛精吐出的丝网，看似一件美丽的时装，却一层一层将人包裹起来，内部的情绪无法释放，在里面愈积愈多，如黑洞一般越来越大，消耗着自己的身体。正常细胞被蚂蚁啃噬得越来越多，到了一个临界点，崩了，有人抑郁了，有人如我，迎来免疫系统的崩塌。情绪吞噬了生命自我的光芒，万花筒里的华彩，暗淡了下来。

窥见蚁穴，过往十年。

你体会过无边无尽的时间吗？

达利的时间

　　有时想想，我们其实挺可怜的。我们从出生到这个世界上，能够不被时间所裹挟的竟然只有 0—3 岁，幼儿园之前。自从入了幼儿园，我们就开始有了上学、放学、上课、下课的规矩了，在吃饭的时候也会被老师和家长拿来评价和比较，和其他同学相比吃得快不快，吃得好不好。时间的刻度就是在那时潜移默化地植入了我们的大脑。慢慢地，我们开始背诵光阴似箭，一寸光阴一寸金，我们开始知晓升学是千军万马过独木桥，必须分秒必争的备战。我曾在高中时，被长辈荒谬至极地批评过，原因是姐姐在高考备战的前夕连去洗手间都要跑着去，而我总是晃晃悠悠地还在偷看窗外风景。挨了一顿骂的我一头雾水，实在不懂为何对于时间的态度需要如此，现在想来，祖祖辈辈的荒唐也是有迹有寻。

　　然而，来自家庭和社会的影响总是以一种不被人察知的方式塑造了我们的大脑。毕业出来要进 500 强或者大厂，五年内完成升职，30 岁以前要结婚，35 岁以前要生娃，这些对时间刻度我们说不清是谁告诉我们的，真让我拿起纸笔写下来，我甚至都分不清它们到底是来自于家族的长辈、职场的前辈抑或是日常观看的影视作品某一个角色的观点，但它们都集体刻在了我们的大脑里。每一个不能按时在时间刻度里完成的任务都会被视为一种失败。生命就这样一直在一个又一个时间刻度中推动着，在规定时间里完成一样又一样的打怪游戏，被不想失败的恐惧所支配，直至终老。想来，真可怜，在一生漫长的时间里，不被时间锁死的时间，只有出生来到这个世上的前三年。

台湾有一位教育学家，把这种特殊的人生轨迹总结出了一个词，叫社会时钟。对于长期奉行集体主义的社会，大家不自觉就会以个人时钟对照社会时钟，当周围人都按部就班完成某个时间段该完成的事情，成为一个阶段性的"成功者"，自己没有完成，就会觉得自己是个另类，或者是个 loser，变得与周遭世界格格不入。到最后，已经不需要任何人提醒你时间刻度的存在，你自己就已经自觉自愿地安排好了从而立之年到坟墓的后半生，兢兢业业，不知疲惫。

可是时间，本就是如这个宇宙的一百三十亿年的存在般，如日出日落一样，是永恒而取之不尽的呀。

若不是生病，我无缘体会到这种奇妙的感觉。化疗药物弥漫堵塞了神经系统，生命陷入无边无尽的虚空中。有时一觉醒来，一个小时；有时一觉醒来，十个小时。实在不懂时间如何落脚，仿佛在一个漫长的宇宙进程中，时间在散乱地跳着舞，一会儿旋转一会儿踢踏。随着音符，它就是一个爱做恶作剧的绅士，想跳快一点就跳一点，想旋转慢一点就慢一点，然后指着墙上的时钟说："看，这就是你们人类肤浅的计数方式。你们把这个叫作时间。"我一脸疑惑，它眨了下眼说："但这并不是真相，时间并不是如你们想象那样一滴一滴地往前流走，只会前进，不会后退，只会减少，不会增多。那只是一种计数方式。不论数学怎么计算，都无法改变时间的本质。

时间，其实是无穷无尽的，用之不尽取之不竭的。"

在我生病之前，我对自己最常说的一句话，就是"来不及了"。30 岁还没做到管理层，来不及了；35 岁还没去过互联网大厂，来不及了；36 岁还没成功做妈妈，来不及了；38 岁还没拿到资本融资，来不及了。任何一件事情，还没开始做，我就已经感觉到时间催促的脚步匆匆，深觉来不及了。其实我的人生放在正常的社会时钟里，有提前三年的错位时间。因为幼时母亲工作的原因，我读书很早，3 岁误打误撞进入小学一年级，一路正常升学 15 岁进入大学，19 岁毕业读研，22 岁硕士毕业进入社会，按理说，这比同龄人提前三年的时间本应给我一个试错的缓冲，如果真出现什么重大错误，还有三年的时间可以去纠错和重来。而奇怪的是，如此不仅没有给我一个往回看长舒大气的幸运感，反而让我更早地看到了比我更年长的人的各类成功，更早地被丢进了时间的旋涡里。每天睁眼想一想雷军的那句名言："自己还能再努力一点吗？还能再勤奋一点吗？"身边充满着赢得接力赛奖牌的各类选手，在追赶每一段旅程拿到下一段接力棒之前，这股快要来不及了的巨大声音一直在我头上悬着，如达摩克利斯之剑，让人惊恐万分地不停往前奔跑着。直到我在病床上躺着享受无尽的时间，这股声音在大脑里消失了。

这世上，哪有什么来不及？

躲避外界声音安心休养的这半年里，我越来越少拿起手机。随着每一天的规律作息，我养成了一个新技能，抬头看一看天，就知道现在大概是什么时候，慢慢地，这个识别能力越来越强，拿起手机来查验，误差也不会超过五分钟。我的身体就像是自动形成的生物钟，与外界的天光形成一种奇妙的体感。我开始懂得了，为何古人能做到"日出而作，日落而息"，实则是在我们的人体设置里，本就有一种这样的共振，规律地运行着。是我们自己用工作、手机、熬夜打乱了身体的感知能力，然后再用人为的时间刻度去逼迫着完成各种目标，双重残害着自己的身体和心灵。

对于宇宙赐予的这份巨大礼物，我视为珍宝。如今回归到正常生活状态中的我，"来不及"三个字已经被彻底地踢出了我的生命。迟钝才显内力，落伍才有安宁，缓行才能走稳。在非社会状态中，时间就是无边无尽的。那在正常状态，时间就得是一个要完成目标的状态，时刻为完成目标而服务？这是哪门子道理？

当时间的达摩克利斯之剑卸下，外在的一切都变得融洽起来。一条本是崩得僵硬径直的线，像是达利的时钟一般，开始往下溶解，直线溶解成水滴，最后变成一条瀑布。在瀑布外看，水滴依然不知疲倦地往下坠落，密如蛛网。在瀑布里看，四周没有网也没有线，只有一滴一滴的水滴，犹如现在一个又一个的当下。

打败时间的焦虑，从打败时间开始。

是什么在椅背后推动着我飘忽向前呢？大概是命运的洪流吧。

从生到死，从摇篮到坟墓，这是我们每一个人都能想到的命运推手。中间的路程，或许会起高楼，或许会楼塌了，都不妨碍那洪流汹涌往前。但如果时间都消逝了，生命不再是一场夺得奖牌的竞赛，生命的意义是否也会因此而改变呢？

我在四合院里坐着，仰望着头顶的天空，屋檐四周瓦片的连线让从下至上的形状看上去像一张邮票，而邮票上的画，正是头顶的蓝天白云。云是我的老朋友了，受高原气流的影响，白云缓缓地移动着，以肉眼可见的速度缓缓飘动着，我靠在椅子上望着那徐徐飘动的云，恍惚间感到往前飘动的并不是云，而是我。

生命的意义

当驾驶的赛车中途抛锚，你跳下车来环顾四周，发现四周是一片宽广的草原，东西南北都可以驰骋，一时你竟不知道该往哪个方向行走。

人生是旷野，不是赛道。

而享受旷野最好的方式就是放弃赛车，放弃油门，用自己的双腿，慢慢一步步走。感受草地在脚下的感觉，小草和你相拥而立，包裹你的每一步。

而那些依然在路上驰骋着的同伴们，你看到他们，已不再感到来自竞争者的压力，而是对于他们的每一个成就，生出发自内心的随喜赞叹。

因为你对自己的生命生出了一种强烈的慈爱之心，如同慈母对于自己孩子的慈爱之心。从来到这个世界上开始，自己就承受了那么多不自觉的压力；从进入这个社会开始，自己就承受了那么多可见的辛苦。每一天都很不容易，每一天都很辛苦。感谢自己对于生命的付出。自己对自己的爱意，从心底开始涌发，如涌泉般一圈一圈向外，最终漫延目光所及的每一个角落。

回首这一次难忘的病痛之旅，我的内心里充满了感恩。既感谢自己的坚强能熬过所有的痛楚，更感谢这场病痛让自己知道自己的生命其实有多么不易，自己的身体其实为自己无声地承载了多少压力。她用这样的方式呐喊，让我不要再忽视她的存在和付出。而对于每一位看完这本书的朋友，都希望大家可以去感恩自己的生命，给她无限的慈爱，为自己的生命去赞叹。我们这个生命本身，能存在便是宇宙最大的奇迹啊！

回归到正常生活状态中的我，已逐渐可以恢复正常的体育锻炼和旅行。我每月也总会去山林里走走，去大自然里寻找修复身体的密码。回首这接近两年的治疗和结疗后的时光，实则是人生中最宝贵的一段精神财富。巨大的低谷和创伤正是开启心灵英雄之旅的一扇门，这取决于我们的内在，取决于自己怎么看，怎么走。曾仕强讲过这样一句话：当你面前出现了一块大石头，你当他是绊脚石就是绊脚石，你当他是垫脚石就是垫脚石。生命的奥秘即如此简单。

在翻到此页时，已是接近尾声。祝福我的每一位朋友，祝你们人生路上遇见的每一块挡路的石头，都终将成为助力你们丰富生命意义的垫脚石。